o cozer das pedras, o roer dos ossos

patrick torres

o cozer das pedras, o roer dos ossos

astral
cultural

Copyright © 2023 Patrick Torres
Todos os direitos reservados à Astral Cultural e protegidos pela Lei 9.610, de 19.2.1998. É proibida a reprodução total ou parcial sem a expressa anuência da editora.

Editora Natália Ortega
Editora de arte Tâmizi Ribeiro
Produção editorial Ana Laura Padovan, Brendha Rodrigues e Esther Ferreira
Preparação de texto João Rodrigues
Revisão de texto Fernanda Costa
Design da capa Tâmizi Ribeiro   **Arte da capa** Robinho Santana
Foto do autor Arquivo pessoal

Dados Internacionais de Catalogação na Publicação (CIP)
Angélica Ilacqua CRB-8/7057

T647c

    Torres, Patrick
      O cozer das pedras, o roer dos ossos / Patrick Torres. Bauru, SP : Astral Cultural, 2023.
      192 p.

    ISBN 978-65-5566-377-8

    1. Ficção brasileira I. Título

23-3590   CDD B869.3

Índice para catálogo sistemático:
1. Ficção brasileira

BAURU
Rua Joaquim Anacleto Bueno 1-20
Jardim Contorno
CEP 17047-281
Telefone: (14) 3879-3877

SÃO PAULO
Rua Augusta, 101
Sala 1812, 18º andar
Consolação
CEP 01305-000
Telefone: (11) 3048-2900

E-mail: contato@astralcultural.com.br

Aos que alcançam sanidade no desespero.

"Nunca fiz nada diferente de escrever, mas não tenho vocação nem virtude de narrador, ignoro por completo as leis da composição dramática, e se embarquei nessa missão é porque confio na luz do muito que li pela vida afora. Dito às claras e às secas, sou da raça sem méritos nem brilho, que não teria nada a legar aos seus sobreviventes se não fossem os fatos que me proponho a narrar do jeito que conseguir nesta memória do meu grande amor."

Gabriel García Márquez, *Memória de minhas putas tristes*

"Mas apesar de sua imensa sabedoria e de sua alma misteriosa, tinha um peso humano, uma condição terrestre que o mantinha enredado nos minúsculos problemas da vida."

Gabriel García Márquez, *Cem anos de solidão*

PARTE I: AS PEDRAS E OS OSSOS

1

Do pó ao chão
de terra seca

"Pai nosso que estais no céu, santificado seja o Vosso nome, venha a nós o Vosso reino, seja feita a Vossa vontade, assim na Terra como no céu...", rezava em coro aquele pobre povo que velava a céu aberto o corpo de Mirtão. O aumentativo do apelido do homem fazia referência a seu já morto corpo enorme, esticado por demais desde que se entendia por gente, assustando os moradores inocentes da vila onde vivera. "[...] O pão nosso de cada dia nos dai hoje, perdoai as nossas ofensas, assim como nós perdoamos a quem nos tem ofendido...", continuavam as vozes tristes. O rastro de temor deixado nas ruas pelo tamanho do homem que ali jazia era um paradoxo: mesmo bruto e assustador, não dava a ninguém razão para se esconder quando o assistia passar. Afinal, todos ali sabiam de Mirtão e sua mãe, Dona Hermina, uma senhorinha pequenina e encolhida pela idade, que amava o filho porque, acima de tudo, ele prolongara sua existência. Ora, não fosse o agora corpo morto, a velha teria sido enterrada muito antes que há quatro anos, quando morreu de morte morrida que chegara com a idade. Tinha-se esta certeza na vila: ela teria sido assassinada pelo marido bebum se o agora defunto não o tivesse arrancado a desgostosa vida depois de uma briga de bar em que os dois riscaram faca até um sucumbir de tanto sangue derramar. Mirtão era herói e vilão, assustador e salvador, filho amado e destinado pelo padre a queimar nas labaredas não celestiais, pois havia de pagar pelos pecados que cometera. "[...] E não nos deixeis cair em tentação...", o caixão do homenzarrão estava no solo, ao lado do buraco cavado até beirar o corpo de sua amada mãe. Seguiram a tradição: o filho vai por cima. As vozes das mulheres cortavam o silêncio daquele cemitério enquanto se sobrepunham às dos homens na reza conhecida. O coro era uniforme, e uma ou duas das muitas crianças ali presentes se arriscavam a acompanhar o clamor. Estavam descalças e sem camisas, mesmo as meninas, com os cabelos desgrenhados coroando suas cabeças grandes. A maioria delas vestia apenas calcinha; e os meninos, cueca. Poucas ousaram pôr uma regatinha surrada para esconder do sol as costas. Tinham cinco ou seis anos, e demonstravam sua inocência agarradas às pernas dos que foram prestar favor ao enterro. A respeito de tudo o que as cercava naquele instante, sabiam apenas que Mirtão não voltaria, e isso as acalmava, porque ele estar nas ruas era uma das razões contadas pelos pais para segurá-las em casa o dia todo. As mulheres, mães e rezadeiras, usavam chinelos ralos, com os cabelos bem-arrumados e as unhas aparadas, mostrando respeito à figura que agora partira. Os homens, usando chapéus de palha feitos por eles mesmos, alguns

O cozer das pedras, o roer dos ossos

esburacados e outros ainda verdes, seguravam as enxadas envelhecidas que tanto cavaram a cova quanto cobririam de terra o corpo quando fosse hora de devolver Mirtão ao pó. O conhecido calor de trinta e seis graus fazia todos suarem, e algumas das crianças, observando o momento boquiabertas, chegavam a sentir o gosto salgado que escorria por suas testas, desenhando suas bochechas e seguindo caminho para as bocas. Caramelo, adestrado pelo coveiro a se manter em silêncio nos enterros, estava ao pé do povo suado, ofegante e sem latir, deitado de bucho para baixo e pescoço erguido, atento ao corpo no caixão destampado. A cena era boa para o cão: depois daquilo, seu dono receberia uns trocados por ter enterrado mais um em seu quintal, e isso garantiria o jantar dos dois, que só tinham costume diário de almoçar. O círculo de gente fechava a cova de três palmos e meio de fundura, fazendo as sombras largas das cabeças delinearem a borda da circunferência projetada no solo. A mata da caatinga, seca e inclinada na direção da ventania, cercava à distância aquelas pessoas, rondando o terreno do coveiro e limitando a área do cemitério. Cruzes de madeira estavam entortadas e cravadas no chão, de forma desorganizada, alertando que, sob aquele solo amarelado que há muito não via chuva, descansavam outros corpos. No limite do terreno estava a cabana de taipa do proprietário, ela que com quatro paredes baixas erguidas e um teto de folhas secas de palmeira, ardia sob o sol e deixava exposta parte dos pedaços de paus sustentantes do barro que a dava forma. "[...] Mas livrai-nos do mal, amém...", findaram o rito, enquanto o corpo era retirado do caixão e enrolado na velha rede que o envolveria sob terra até que o primeiro verme resolvesse satisfazer sua fome com as carnes de Mirto Aroeira Pereira Santino, que eternamente ali estaria, cumprindo sua parte na mais imprevisível profecia para o bicho-homem.

2

Paradoxo do esquecimento

Em vida, Mirto morrera muitas vezes. Devia à angústia o pagamento de suas sucessivas ressurreições. Quanto de si precisava arrancar para ser quem de fato deveria ser? Não tinha resposta para isso. Nascera matuto, criado de bucho que envergava espinhaço. Mal a dor da existência lhe escapava do lar materno uterino. Sabia, ainda que não soubesse, que habitava agora o lugar de mais difícil existência: a vida — ou tinha, de longe, consciência de que ela logo lhe chegaria. Por ter muito medo da vida, nunca teve medo da morte. E por isso morrera muitas vezes.

Quando criança, em tempo de morrer de fome, comia barro e raspava a parede para alimentar a ânsia da cura. Cura da dor. Doía do lado de dentro. Mal sabia onde estava: o sol bradava forte no céu, o suor lhe escorria a testa no mais leve ato muscular que exercia; a pele preta lhe fazia questionar sua própria pureza — e havia quem lhe dissesse que esta era a sua sina. Certa vez perguntou à dona Xeila, puta conhecida que vivia nas esquinas com cigarro na boca esperando alguém tomar seu tempo pagando dinheiro, como era não ser preto. Respondeu-lhe ela: é carregar menos um pecado. Menos um pecado. Havia quantos, então, naquele corpo raquítico que babava o chão e desgastava as unhas na parede?

Não era tão largado assim, não. Vivera cercado de presença de mãe por toda a infância. Dona Hermina nunca lhe fez ter motivo para pensar que não era digno de algo — a falta de dignidade veio como constatação de sua própria desgraça, ainda moço. "*Há de se ter fé, Mirtinho*", dizia ela, inflamada pela missa do domingo passado — "*Há de se ter fé*". Era mulher forte, fazia um café doce que nem mel, tangia as galinhas do terreiro — todas magras que davam dó —, varria com vassoura de palha o quintal e ali, no ofício caseiro, passava horas de seu dia. Cuidava da casa, cuidava dos outros. Só não cuidava de si.

A sina de Dona Hermina veio para além da cor da pele — esta, diga-se de passagem, era preta igual carvão, ressecada pela quentura do sertão e, vez ou outra, hidratada com óleo de soja que sobrava das comidas. Não. O amor que vivia ela também lhe fora pagamento de pecado existencial: apanhava do esposo. Êta sofrimento lascado que era toda noite receber chibatada do marido enfurecido pela cachaça quando se fechavam os botecos! Ai ai ai para lá, ai ai ai para cá! O homem puxava-lhe os cabelos, estapeava-lhe a face, arrancava-lhe até sangue — e, com piedade, quando este jorrava de algum lugar, ele cessava, cansado do movimento sádico de tornar submissa aquela mulher que tanto por ele fazia. Mirto, sentado no chão de barro do cantinho da casa de dois cômodos (um quarto e a sala que também era cozinha — não, o banheiro não havia, pois este era o mato), via a cena acontecer. Aprendera desde muito cedo a não meter rebeldia nas brigas dos pais. Sabia que um dia havia de findar tamanha tortura. Ah, se sabia! Mas, por ser moço magricela e impotente, só assistia ao sofrimento da mãe parado em seu cantinho. Doía-lhe por dentro.

Já tinha ouvido falar de alma quando crescera o suficiente para se arrepender por algo. Não conhecera muitos sujeitos que se arrependeram de qualquer coisa. E olha que já havia visto de tudo: gente matar gente, gente bater em gente, gente falar mal de gente. Mas gente que se arrependesse por ter bebido da água do mal, isso ele não tinha visto. Essa gente ele conhecia muito pouco. Quem ele conhecia muito e que era uma arrependida amargurada era Dona Hermina, sua mãe. A mulher, quase santa a vida toda, embebia-se de culpa e, por isso, de arrependimento. Quando se botava a reclamar das lástimas aos fins de algumas tardes antes de o marido torturador aparecer, sussurrava no terraço para que os vizinhos não a ouvissem: *maldita hora em que nasci. Donde já se viu carregar nos peitos existência tão pingada? Diabo! Só posso ter sido esquecida por Deus.*

Esquecida por Deus. Mirto via aquilo, lacônico, e pensava: *esquecida por quem nunca nem de ti se lembrou, mulher? Ora! Ninguém se esquece do que nunca se lembrou!*

Claro, não lhe eram elaborados os pensamentos, tampouco complexos quaisquer efeitos produzidos pela evocação muda das palavras, mas o sentido lhe era assim, completo e profundo: por quem nunca nem de ti se lembrou, mulher?

"Deus nem existe", certa vez disse para a mãe. Nesse dia, apanhou de cipó.

3

Mutilado

Onde morava, Mirto era menino de poucos amigos, apesar de sempre ter brincado com muitas das crianças do bairro. Nas cirandas, havia sempre muita companhia: sozinho nunca estava, ainda que assim se sentisse. Vagueava nas rodas, jogava-se no divertimento, aproveitava cada hora de isenção da realidade metido no bom humor das gargalhadas alheias, mas ainda assim sentia-se um peso no mundo. O peso vinha, certamente, de dentro, porque de fora era incapaz de sequer deixar pegada em lama fria: magro.

Do lado de dentro, porém, pesava-lhe a angústia. Não sabia os motivos, pois era inocente demais para compreender seu próprio eu, e ingênuo demais para desbravar os próprios caminhos da amargura, mas, o tempo todo, sentia-se avaliado pelos olhares murchos dos amigos de família perfeita. Sentia que lhe olhavam até as tripas, arrancando sangue enquanto desciam e subiam as pupilas dilatadas a admirarem a miséria do garoto. *"Diacho. Por que me olham?"* Não sabia. Sabia que era olhado. Ao menos achava que sim. Ainda assim, brincava.

Menino traquino desde sempre, a infelicidade interna não deixava que Mirto abandonasse a infância: fazia a bagunça no terraço com todos os outros, como sempre haviam feito. Nessa bagunça, certa vez, quebrou um dedo que entortou pra sempre. Quebrou, mas não ajeitou — num tinha doutor por perto! A dor que lhe partira o corpo com o mindinho esbagaçado na pedra presa ao chão lhe fora uma das piores que sentira do lado de fora — *do lado de fora*, porque do lado de dentro havia dor mais lacerante. Jogava bola e, sem ter visto, confundiu a bola com o chão, sabe-se lá como, e tacou o dedo mindinho direito numa pedra grande e quadrada, incrustada na terra. Êta inferno! Foi no outro mundo e voltou — voltou? Saiu sangue, a unha ficou só a bagaceira, mas o mais estranho daquele momento era o seu dedinho, que, se antes apontava para a frente em uma delicadeza harmônica de criança, agora apontava para fora de sua alma. Ai ai ai! Ai!

Parou de brincar.

Acostumou-se com a dor que agora ali lhe fazia companhia, esta que o obrigava a mancar para onde quer que fosse. Parecia ter sido mutilado, coitado. Quase a vida lhe arrancou um pedaço. A partir de então, se pisasse no solo com o pé direito inteiro, sentiria a dor lhe percorrer o espinhaço e lhe entortar até o espírito. Vez ou outra esquecia-se disso e, ao tentar caminhar do jeito que aprendera depois de engatinhar, sentia as agulhadas no pé, e depois na perna toda, e depois nas costas, e depois na cabeça. Ê tortura!

Seu pai havia sugerido uma vez que arrancasse o dedo na faca. *Ora, cabra frouxo!*, dissera, *arranque esse negócio daí pra caminhar direito!* Mirto não teve coragem. Depois que o pai lhe tinha feito tal sugestão, temia que ele fosse capaz de lhe arrancar o dedo enquanto dormia e, por isso, sempre cochilava com os pés cobertos, custasse o que custasse. Já pensou? Dormir com vinte dedos e acordar com dezenove? Não sabia contar, mas sabia que aquele dedo, torto e feio, se saísse de seu corpo, faria falta.

E de falta o menino estava cheio. Faltava fé — e por isso apanhara da mãe uma vez; faltava coragem — e por isso lhe olhava feio o pai; faltava comida — e por isso se esbaldava no barro do chão de sua casa. Mirto estava farto de não ter algo em algum lugar. Estava farto de ter o vazio presente onde quer que procurasse concretude dentro de si. Não permitiria que lhe arrancassem algo que era dele, ainda que isso fosse o dedo feio e dolorido.

4

Menino-homem

Desde que parou de brincar, Mirto se viu sem refúgio. Mais uma vez, não sabia com exatidão que sentimento era esse. Se fosse solicitado a ele que o descrevesse, responderia com a mais imprudente inocência de criança: *num sei*. Abandonado, pois até então era feito da companhia do paraíso-outros que lhe traziam paz e alegria, sem as gargalhadas dos colegas da correria de terreiro, sequer se percebia vivo. Viu-se trancafiado num buraco subterrâneo dentro de sua própria alma, mas sem saber que o que não via não era a ausência de tudo ou a presença do nada, mas a escuridão, a solidão sozinha, substancial, ela por ela, desenhada pelas próprias mãos.

Que condição medíocre esta que sublima a companhia e o isola: até ontem tinha amigos. O que aconteceu? Quebrou o dedo. Mas por que foram todos embora? Na verdade, não sabia quem havia partido: ele ou os outros. Se fora ele, havia motivo de força maior. Havia quebrado o dedo, oras. Quem o amasse que viesse lhe dizer um oi. Ninguém veio. Ninguém o amava.

O cozer das pedras, o roer dos ossos

Amava-o sua mãe. Dona Hermina, enquanto o sol estava alto e o marido vadiava nos bares longe de casa, varria o seco solo do terreiro na frente da casinha de barro que chamava de sua. Mirto, sentado à porta de casa, via a mãe arrastar a palha no chão e erguer a poeira com esforço e brio. *Por que limpava tanto, todos os dias?*, perguntou-se uma vez. Não sabia se, caso perguntasse à mãe, teria uma boa resposta. Não era o tipo de pergunta que era comum à senhora. Perguntou mesmo assim: *É para limpar, oxente. Mas todo dia? Todo dia. Por quê? Porque sim.*

Calou-se, então.

Não carecia de explicação mesmo. A mãe limparia o chão todos os dias, talvez aquele fosse seu refúgio. E de fato era. Dona Hermina tinha pavor de sujeira. Sua simplicidade não a proibira de adquirir um senso de limpeza e de estética que beirasse à impecabilidade. Sua casinha de barro cheirava a ervas finas, que plantava no quintal e que regava não sabia como, pois havia tempos que não chovia. Ainda assim, cresciam as plantas. Ela, sagazmente, perfumava os dois cômodos de sua casinha na medida do que lhe era possível. Mirto já até havia se acostumado com o doce cheiro de planta — mais para mato — que tinha sua casa. Ao menos não era desagradável. Era bom, de fato. A casa limpa, o chão marcado pelas linhas retas da palha repetidamente arrastada, as paredes de barro livres de teias de aranha, tudo era obra de sua mãe. Dona Hermina era mesmo este antro de paz e serenidade. Plenitude ambulante, coração doce e alma frágil. Perder-se-ia no delírio da ilusão qualquer um que pensasse que tal mulher tinha doce vida. À noite apanharia, para toda a vizinhança ouvir.

Mirto, que não ousou se levantar do batente da porta, observava a mãe no labor que levantava poeira.

Limpava o chão como quem escrevia poesia. Não, Dona Hermina nunca lera poesia, sequer sabia o que isso era. Mas ali estava ela, colocando sua dor na limpeza. Parecia descontar na terra todo o ódio que sentia por sofrer o que sofria, aquilo que nem Deus parecia ouvir todos os dias, ainda que por Ele ela clamasse. Deus ajuda quem trabalha! Era assim que aprendera. Trabalhava então. *Chaqui, chaqui, chaqui*, fazia a vassoura arrastada no terreiro. Como poesia, ali construiu-se a narrativa da mulher sozinha que escolhera a única opção de vida que lhe fora dada: a condenação à solidão acompanhada. Não havia alternativa. Que limpasse o solo, então. Assim teria algo do que se orgulhar, como fazem os poetas que escrevem sobre amor ainda que não tenham amado. Quanto mais varria, mais próxima de si estava.

5

Vermelho-sangue, azul-noite

Não estudou. Mal adquirira ao longo de sua pequena vida vivida até aqui a habilidade de expressar-se pela fala. Mas o fazia, sim. Ainda nem barba tinha, mas vez ou outra sentava-se com a mãe e perguntava sobre coisas. Perguntava por que o céu é azul — *porque Deus quis*; perguntava por que o fogo queima — *porque é quente!*; perguntava por que não dava pra ver o vento, ainda que o sentisse, ouvisse seu assobio e soubesse seu nome — *porque Deus fez assim*.

Nem sabia quem era Deus. Diziam que era um homem bom que morava no céu... Então Deus construíra sua própria casa, e escolhera que ela fosse azul. Deus devia gostar da cor azul. Mirto gostava dela também, mas pensava que se fosse escolher uma cor pra sua casa, e se essa casa fosse o céu, escolheria vermelho. Igual o sangue.

Também não sabia por que o sangue era vermelho. Mas isso não perguntara a ninguém, jamais. E não o fizera porque associava o sangue a coisas muito, muito ruins. Como quando caía e se machucava a ponto de a pele abrir.

Quando via alguém machucado depois de brigar. Quando via alguém se acidentar. Quando via a mãe apanhar de seu pai...

Diziam a ele também que o vermelho era a cor do amor. Ainda não conhecia o amor. Talvez fosse o que sentia pela mãe. Mirto não conseguia imaginar um mundo sem ela... Para ele, o próprio mundo era constituído pela presença de Dona Hermina — e o mundo só era mundo porque ela estava nele. Sem ela, sem mundo. Se sentasse para sobre ela falar, a resumiria naquilo de mais bonito que conseguisse expelir pela garganta com o pouco que o conhecimento de vida lhe dera. Bonito como o céu, bonito como o vermelho.

Como imaginava que isso era o amor, talvez soubesse perfeitamente o que é o desamor, o desafeto: a ausência do amor. Era o que ele sentia quando, na beira da estrada que dava pra ver do terreiro na frente de casa, brotava seu pai, de longe no pingo do sol quente, caminhando trôpego embebedado, a camisa suja e aberta, às vezes embelezada pelo vermelho-sangue fruto de briga de faca em porta de bar, às vezes límpidas pela brancura que sua mãe conquistava ao esfregar o tecido com sabão feito em casa. Via a figura escurecer a estrada com sua sombra tenebrosa e ali seu peito já tremia em medo. Logo o sentimento se misturava com raiva, com desgosto. Odiava o pai. Mas não sabia o que era o ódio, porque nunca lhe tinham contado, então não tinha certeza. Mas não o amava.

Mirto sabia que dava pra sentir o amor. Dava pra ouvir sua voz, senti-lo na pele, mas não se conseguia vê-lo. Como era com o vento.

Foi só quando Toninho se matou que Mirto começou a refletir sobre o ato de amar.

Toninho contou dezesseis anos. Foi-se com dois metros de corda. Acharam-no no mato, depois de mais de uma semana sem aparecer pra ninguém, com Dona Luíza, sua mãe, chorando igual a criança porque não sabia o paradeiro do filho. Mirto nunca tinha visto tanto cigarro de palha fumado de uma só vez por uma mulher só. Dona Luíza fumou por dia de ausência de Toninho o que talvez tinha fumado a vida inteira até ali. É *difícil*, ela dizia na porta de casa, de pé no batente, quando acabava mais um dia e chegavam da mata os homens de facão enferrujado que procuravam pelo filho da mulher, vivo ou morto.

Acharam Toninho porque urubus começaram a bater asa sobre o mato, lá pros lados em que, ninguém sabia o motivo, ninguém estava procurando. Havia, aos poucos, sombras no chão, de tanto pássaro que pousava sobre a carniça amarrada pelo pescoço do adolescente que se matou.

Foi Zézão quem desconfiou que o menino estava amarrado aos pés dos urubus no mato do outro lado. *Ali deve ser a carniça de Tonho*, disse um dia. Os homens de facão temeram em concordar, mas foram atrás mesmo assim. Contaram depois que, conforme perseguiam os caminhos do mato e as plantas secas se fechavam na frente de seus olhos, subia no ar esquentado uma catinga de carniça, que só piorava conforme eles encostavam nas sombras projetadas pelos urubus sob sol. Dito e feito: lá estava Toninho, suspenso no ar, sem os dois olhos, comidos pelos urubus, a língua para fora, sem um pedaço, porque os urubus também a haviam comido, e com o pescoço azul — não como o céu, não, mas azul-escuro, como a noite. Os pés pareciam duas pedras redondas de tão inchados, balançando pra lá e pra cá conforme soprava o vento. Fazia silêncio quando o encontraram. É *ele*, soltou Zézão. Depois disso saiu dizendo que os urubus não mentiam, que mostravam a morte.

Toninho se matou por amor. Sabia-se disso porque ele deixou uma carta aos pés — que não molhou, porque não chovera. Antes de cometer o ato, o menino botara sobre o papel anotado uma pedra, pra fazer peso e evitar que o vento o tirasse dali.

Zézão abriu o papel, mas não entendeu o que estava escrito ali. Era *desletrado*, só sabia conversar com o povo e entender os urubus. Levou a carta para a mãe do menino, outra desletrada. A coitada viu o papel, que nem entendeu, antes de ver o filho sem alguns pedaços sendo trazido pelos homens de facão pra fora do mato seco, para a frente de casa. O pranto foi grande. Dona Luíza até desistiu de fumar — mas o tempo encarregou-se de mais uma vez tornar fumante a velha. Um dia levaram a carta pra cidade grande, e lá uma mulher havia lido e dito que o que estava escrito no papel era uma despedida:

"*Mãe, eu amo a senhora e nada disso é sua culpa. Eu amo quem não posso amar, estou indo porque já morri do coração, só estou vivo por fora*".

Toninho era o único da região que sabia ler e escrever. E escrevia bem.

6

Cheiro-verde

Mirto já tinha barba rala, despontando nas bochechas finas e pouco quadradas, quando ficou sabendo, pelas histórias que o povo contava, que Toninho se matou porque estava se envolvendo escondido com homem casado da cidade.

Toninho trabalhava desde muito pequeno na cidade mais próxima de onde morava. Era um lugar pequeno, para onde Mirto, por exemplo, nunca fora. Sabia que era de lá que vinham as poucas coisas para sua casa — o pó do café, o doce do açúcar, o alho do arroz... Era lá que tinha gente letrada também. Povo que trabalhava na prefeitura, o que Mirto também não sabia de que se tratava.

Toninho aprendera a ler lá, dizia que trabalhava numa mercearia popular, organizando os produtos nas prateleiras. Era menino bonito, alto, jeitoso, que sempre pareceu mais velho. A pele escura reluzia ao sol num dourado-acobreado. Os olhos grandes e marcados acompanhavam uma barba bem-feita e uma boca desenhada, que harmonizavam em perfeição com os traços do quase-homem letrado. Toninho falava bonito também, dizia que era porque conseguia ler, que assim aprendia muitas palavras novas, e essas palavras podiam ser usadas com todo mundo, ainda que nem todos soubessem o que significavam, porque no fim todo mundo entendia o que ele queria dizer — só não funcionou, claro, por escrito. A inteligência se misturava com a beleza e o rapaz era por isso conhecido, de modo que os olhos de todos nunca dele desgrudavam. Mirto pensava às vezes que Toninho escolhera trabalhar na cidade grande pra fugir dos olhos-flecha do povo de perto de sua casa. Se assim o fosse, era uma decisão inteligente. A paz que alguns desejam é a fuga da existência, esta que só às vezes é percebida porque outros a veem.

Só depois que Toninho morreu, e que a mulher da cidade leu a carta dele, foi que Mirto — e todos da região — souberam que o garoto trabalhava na cidade grande porque estava envolvido com o dono da mercearia onde trabalhava, o seu Abdias.

Toninho conhecera o povo letrado porque levava, do quintal da mãe à cidade, cheiro-verde para vender, todos os domingos. Dona Luíza plantava o tempero num cantinho do terreno, atrás de casa, e, aos domingos, separava alguns mols ou maços de cheiro-verde e amarrava com barbante, de vinte a trinta deles, pequenos, para serem vendidos de porta em porta na cidade aos dias santos. Assim, Toninho ia. Saía de casa com o céu noturno ainda, com um cesto cheio de cheiro-verde, e só voltava no pôr do sol quente, com o cesto vazio e o dinheiro chacoalhando nos bolsos. Geralmente trazia também alimentos para casa, coisas que só eram encontradas na cidade, como sal.

Como o negócio de Toninho com a mãe parecia dar certo, ainda que não esbanjassem com isso qualquer artefato de luxo em casa, os dois resolveram que talvez fosse melhor que o menino começasse a dormir na cidade aos fins de semana, levando mais cheiro-verde, dando tempo de vender tudo de um dia para o outro. Foi com essa ideia que Toninho arrumou uma pensão que lhe cobrava muito pouco para ficar, e começou a passar dois dias, em vez de um, do lado do povo letrado.

Não demorou para que logo chegasse em casa falando palavras novas, escrevendo coisas em papel com caneta, e conseguindo comprar roupas usadas, mas bonitas, com o dinheiro do tempero. Começou a trazer nesse ritmo os cigarros de Dona Luíza, que ficava muito feliz por conseguir suprir seu vício com dinheiro feito com seu quintal.

Certa vez Toninho foi e não voltou mais, passou a inverter o tempo na cidade, e agora só aparecia com coisas para a mãe aos fins de semana. Vinha com uma bolsa abundante, cheia de coisas saborosas e diferentes para comer, com dinheiro no bolso e com presentes para a mãe fumante, isto é, além dos cigarros de palha. Mirto soube que isso estava acontecendo porque Toninho agora trabalhava de segunda a sexta na mercearia do seu Abdias.

As pessoas, que sempre olharam muito para Toninho, começaram a dizer então que o menino estava sendo sustentado pelo comerciante que o empregava, mas não como funcionário, e sim como amante. Seu Abdias, que era casado, tinha fama de se envolver com meninos novos na cidade, e sua mulher sabia de tudo, sem ficar preocupada. Diziam que ela também tinha suas próprias perversões. Olho por olho, como diz a antiga lei dos homens. Os boatos com Toninho ficaram mais frequentes quando se espalhou a história de que o menino havia se mudado da pensão para a casa do seu Abdias, morando com ele e a esposa.

O que o povo diz por aí é que Toninho e seu Abdias eram um romance, o velho sustentava mesmo o menino--funcionário, e este aceitava a situação, ainda trabalhando na mercearia, porque era apaixonado pelo patrão. *Seu Abdias para cá e para lá*, sempre que estava com a mãe nos fins de semana. Dona Luíza nutria pelo patrão do filho um afeto tremendo, um sentimento de gratidão por ele ter feito tão bem à sua família de dois membros. Era uma mãe feliz com isso.

Fosse como fosse, seu Abdias não apareceu no velório ou no enterro de Toninho, nem deu mais notícias à Dona Luíza. Ficou-se sabendo que, após a morte do rapaz, seu Abdias e a esposa foram embora da cidade vizinha.

7

Pajé-dourado

Mirto se perguntava, então, como Toninho, para quem ele — como todos os outros — sempre olhou muito, encorajou-se a protagonizar um boato de amar outro homem. A história não se confirmou, é verdade, mas a conversa toda contada pela boca do povo despertou no menino, agora grande, uma intensa curiosidade. Era um frio na barriga, um reboliço de entranhas, das cismas que fariam-no saltar mar-continente a fora para conhecer um novo mundo e fazer história. Amar um outro homem.

Depois da leitura da mulher letrada sobre a carta de Toninho, Mirto fez a constatação de que o defunto havia sido, então, o segundo homem que amava outro homem que ele conheceu na vida. O primeiro foi seu Roberval, ou Val, como o chamavam para contar suas histórias. Ele também era um homem letrado. Val fora uma pessoa importante para a região, morrera quando Mirto era criança, ainda tendo os pés tão pequenos quanto as mãos. Dele, do Val, todo mundo sempre soube.

Chegou na região, dizem as bocas, sozinho, com uma trouxa de roupas e um chinelo gasto, além da branca bata do corpo que usava para cobrir a pele escura. Barbudo, mas bem-cuidado, andava sempre limpo por onde ia. Tinha os olhos grandes, as unhas aparadas, e os cabelos brilhosos e hidratados armados em coroa ao redor da cabeça. Ninguém entendera de onde aquele homem viera na época em que colocara seus pés sobre aquele pedaço de terra seca e quente, mas, como ele se mostrara necessitado e gentil, fora bem acolhido por todos.

Val conseguiu tomar para si uma casinha de barro que estava abandonada fazia muito tempo, chamou-a de sua e ninguém questionou. O homem tomou posse da construção decadente como se já fosse para ali enviado com o propósito de habitá-la. Estava certo de que a casa seria sua. E foi, de fato, sem qualquer pessoa estranhar.

Val colecionava livros, tinha uns três ou quatro volumes acumulados no chão da casa, num cantinho. Estes livros chegaram ali depois do homem, provavelmente trazidos da cidade vizinha, aonde Roberval costumava ir com frequência. As pessoas diziam pelas roças e pelos quintais, quando Val não estava por perto, que ele ia para a cidade para se envolver com homens. É *para amar*, falavam. Algumas pessoas achavam-no errado por fazer isso. Diziam que, pela fé, um homem não deveria se deitar com outro homem. Ainda assim, Val nunca fora desrespeitado por qualquer pessoa, visto que era muitíssimo querido e bem-vindo sob o teto de todos. Tinham por ele um apreço gigantesco, especialmente porque sua figura simbolizava a inteligência do lugar. Era

O cozer das pedras, o roer dos ossos

a ele que recorriam quando queriam saber sobre qualquer documento, sobre informações de fora, sobre o mundo. Era ele quem tinha respostas para os mitos que os pobres suados traziam consigo.

Val foi protagonista de muitíssimas histórias de romances. Sobre ele derramavam-se amores dos homens da cidade — homens carentes ou não, trabalhadores ou não. Era atrás dele que aqueles de alma solitária iam, sabendo que seriam acolhidos. Ainda que amasse muito muitos homens, Val nunca se envolveu com alguém do povoado, ou ao menos nunca se soube disso. Se espalharam tal boato alguma vez, Mirto nunca ouviu — e também nunca comentaram com ele dentro de casa.

A figura envelheceu ali, mantida em paz pelos que por ele olhavam, alimentada pelas mulheres vizinhas que visitavam sua casa para beber café e falar da vida alheia e, vez ou outra, refletir a respeito de por que as coisas são como são. Tinha amizade por todas as mulheres da região, e nenhum homem casado com alguma delas se preocupava com o coleguismo de suas parceiras e Val.

Conforme envelhecia, queixava-se de perceber o mundo perder sentido. Algumas mulheres que o conheceram disseram que, vez ou outra, Val comentava sobre a volta de um tal de pajé-dourado. Ninguém sabia quem era esse homem, ou o que ele representava. Mas ouviram falar pela primeira vez da suposta entidade por meio dos momentos de juízo perdido de Roberval. Eram instantes, sopros da ventania, frações de minutos, onde o velho inteligente dissociava-se da realidade palpável e comentava sobre o tal pajé-dourado. Perante a calma, tudo ia em paz, até que a paz se desfez.

Um dia, contam os mais velhos, numa madrugada, ouviram bater nas portas das casas-berços um *toc-toc* desesperado. *Toc-toc... toc-toc-toc... tum! tum!*

— Ele está voltando! Está voltando! — ouvia-se gritar do lado de fora, no silêncio dos grilos inquietos. — Ele está voltando!

Todos despertaram amedrontados, mas não demorou para que reconhecessem a voz repleta de pânico da alma--da-noite que estava ali gritando e clamando por todos. Era Roberval.

— Saiam de casa! Ele está voltando!

Os cachorros responderam, então, à gritaria do homem. A barulheira porta afora se intensificou, com latidos e pânico humano juntando seus pedaços para formar um império de agonia. Latiam os cães, e gritava Roberval.

Dizem que, quando as famílias saíram então para ver o que estava acontecendo com o homem, se depararam com a figura vagando pelo chão amarelado, descalça, com a bata ensanguentada e os cabelos desgrenhados. Dos grandes olhos saíam lágrimas que reluziam o brilho intenso da lua. Ao fundo, como em sinfonia, os cachorros uivavam.

Val começou a girar, em pânico, em torno de seu próprio eixo. Passava os dedos nos cabelos e os arrancava da própria cabeça. Arrastava as unhas sobre os próprios braços, como se agonizasse por alguma enfermidade de coceira. Era dali, de seus braços, que saía o sangue responsável pelo vermelho na bata. O homem havia delirado, estava louco.

Dona Helena, mulher de igreja que ia aos domingos na missa da cidade para buscar a Salvação de Cristo, foi a primeira que, em frente à própria casa, assistindo à cena de desamparo, bradou com os dois dedos apontados:

— É a promessa do Senhor que se cumpre! Todo pecador queimará! O fogo consome o homem por dentro!

— Socorro! Ele está voltando! Ele está voltando! — continuava Val, aos prantos.

Ninguém ousava se aproximar do homem em agonia. Mantinham-se em silêncio, as famílias nos batentes das próprias casas, vendo a tortura da madrugada que agora virara espetáculo.

— É o demônio! — bradou Dona Helena. — É o demônio! Desaparece, diabo! Desmonta das costas do homem!

Roberval ajoelhou-se, gritando em agonia, e Dona Helena fez o rápido movimento de entrar em casa e sair depois. O tecido da camisola amarrotada e desgastada balançando conforme ela caminhava com rapidez. Todos que assistiam à cena entraram em um consenso quase telepático sobre deixar que a velha religiosa cuidasse do homem.

O enfermo, que já estava cansado do reboliço, prostrou-se no chão, cabisbaixo, ofegante e suado, ensanguentado e descabelado. Cedeu ao toque de Dona Helena, que havia dele se aproximado. Ela passava a mão na cabeça do homem como quem tentava acalmá-lo, e ele até parecia acolher o cuidado da idosa fiel a Cristo. Ela ergueu a mão e anunciou para todos, pausadamente:

— O Sangue do Cordeiro tem poder!

Neste momento, ergueu aos céus uma peixeira brilhante, afiada em pedra, que fez barulho ao cortar o vento. Na mão que segurava a arma havia um terço marrom, entrecruzado nos dedos da mulher. O público assistia à cena bestializado.[1] Os adultos resolveram conter a cristã. Suspiros de susto e choros de crianças agora se misturavam aos latidos dos cães, as mulheres dando gritos finos quase uníssonos, os homens avançando para segurar a idosa armada pelos braços, como se fossem algemas feitas de carne. Roberval, abandonando de súbito o transe, assustou-se com o estardalhaço. Levantou o olhar e, enquanto Dona Helena baixava o corte para o pescoço dele, pareceu recuperar o juízo para brigar pela própria vida. Levantou-se, olhando para a mulher, e a segurou pelo braço. Todos pararam onde estavam, e mesmo os cães guardaram-se em silêncio.

A velha, segurada pela força do homem louco ensanguentado, calou-se com os olhos esbugalhados, como se não entendesse o que estava fazendo, apesar de possuir no rosto uma expressão de frustração, certamente presente porque não conseguira apunhalar o homem que julgava pecador.

Val a soltou e, dando de costas mais rápido que cobra-corredeira, correu estrada afora, rumo à cidade. Corria como quem corria da morte. Passo após passo, seu pisêro fazia o chão estremecer, ouvindo o *crack-crack* das pedras e da terra se encontrando com seus grossos pés descalços.

---

1   Em 18 de novembro de 1889, Aristides Lobo escreveu, sobre a Proclamação da República no Brasil: *O povo assistiu àquilo bestializado, atônito, surpreso, sem conhecer o que significava.*

Sumiu no escuro rápido, e os sons de suas pegadas também se apagaram conforme ele se afastava.

Aqueles que ficaram deixaram-no ir. A velha armada voltou para dentro de casa antes de todos os outros. Demorou pouco tempo para que a calma se estabelecesse e o pânico fosse dominado pela razão sonífera que devolveu as famílias aos berços.

No dia seguinte, com o sol alto, mas ainda cedo, encontraram o corpo de Roberval caído no mato da beira da estrada. Por seu corpo, cortes profundos lhe rasgavam a pele. Sobre sua cabeça, uma coroa de penas douradas, reluzentes à luz do sol forte, fechava-lhe a fronte, surgida ninguém sabe de onde. O rosto estava pintado com marcas douradas, duas listras sobre as bochechas. Enterraram-no sem velório, acompanhado debaixo da terra pela coroa de pajé que a morte lhe dera, e seus quatro livros.

8

Verde-vômito

Que triste fim tiveram os dois homens que amavam homens de cuja existência Mirto tinha conhecimento. Temia morrer assim. Se este fosse o destino dos homens que amavam homens, Mirto decidiria que amaria apenas mulheres. Não via homens que amavam mulheres terem fim tão doloroso. Também não via homens que não amavam as mulheres — nem outros homens — terem estes finais: seu pai servia como exemplo.

Por que essa desgraça não morria logo? Basculho maldito, não chegava em casa para trazer paz. Se saía de manhã, era para encher o rabo de cachaça e amargurar suas frustrações na família. Hoje não fora diferente.

Germão chegou em casa trôpego, fedendo a catinga de bebida, cana pura. Não falava coisa com coisa, quis nem saber de tomar banho ou se limpar. Comeu da comida que a mulher fizera, descendo com ânsia demoníaca o bolo alimentar que escorregava língua-adentro. A respiração era ofegante, mas não pelo cansaço. Respirava mal enquanto comia, parecia desesperado, mas já havia dado tempo de assentar o fôlego desde que chegara e fora tomar das panelas a farofa. *É a pinga*, pensou Mirto, ao ver o pai naquele estado. Sabia que, quando ele chegava em casa nessas condições, não havia muito o que fazer. O mais sensato era assistir à tortura da mãe — que raramente tinha a sorte de não apanhar — calado e dormir depois que o pai já tivesse pegado no sono também. Não dormia antes dele, porque tinha medo de que o homem bebum fizesse algo pior que surrar Dona Hermina. Mirto, ainda que mancasse devido à dor no pé e ao dedo torto, sentia-se capaz de defender a mãe, para o caso de o pai tentar fazer algo com ela.

Enquanto comia e respirava por causa da cachaça, Germão engasgou-se. Daí vomitou para fora tudo o que havia engolido. A casa ficou com um cheiro nojento insuportável, quente e úmido, de vômito. Era difícil ficar sob o teto.

— Limpe aqui, Hermina, vamos! — grunhiu Germão.

Dona Hermina estava lavando a louça do café da tarde que havia preparado para receber visita em casa. Havia botado muito açúcar, mas as vizinhas beberam sem objeções. Ao ouvir o marido mandá-la limpar o vômito, Hermina revirou os olhos. Sorte que estava de costas e o homem não a viu fazer o gesto de desprezo.

— Já vou — respondeu, seca.

Limpar vômito do marido. *Só posso ter sido esquecida por Deus.* Não seria a primeira vez, tampouco a última, sabia ela. Mas êta desgraça! Nascera condenada a amargar debaixo de um teto penando nas mãos de um diabo destes?

Por que não tinha coragem de largar o encosto que este homem é?

Mamãe, visse uma cena dessas me pegava pelo pescoço e me mandava criar vergonha na cara, pensava ela. Era verdade. Dona Raimunda, sua mãe, falecida havia tanto tempo, sempre lhe ensinara a ser destemida. Cangaceira enquanto nova, quando ainda vivia, orgulhava-se em dizer que nunca havia levantado dedo para surrar a menina que tanto amava — exceto uma vez, quando correram umas histórias de que Hermina estava de casinho com o namorado de uma amiga, mas isso foi há muito, muito tempo. Raimunda era mulher direita, com as palmas das mãos calejadas e os pés rachados pela quentura do trabalho. Hermina não se casou antes de a mãe morrer. Tinha medo de que ela desaprovasse o casamento ou não gostasse do marido que escolheria. Se acontecesse um encontro entre o demônio Germão e a amazona Raimunda, o sertão virava mar.[2] No fim das contas, o marido de Hermina foi escolhido por seu pai, e o casamento tornou-se para a moça uma obrigação...

— Rumbora, Hermina! Tá fedendo! — grunhiu o marido mais uma vez.

Hermina terminou de lavar as louças. Foi ao quintal, pegou um pano rasgado que estava pendurado ao sol, secando, e preparou um balde com água para se ajoelhar sobre o vômito do marido bebum. O serviço foi rápido, em

---

2   A expressão "*o sertão virar mar*" é atribuída a Antônio Conselheiro, fundador do Arraial de Canudos e personagem essencial de Os *sertões*, de Euclides da Cunha.

menos de trinta minutos lá estava o chão sem a sujeira. A casa ainda fedia, mas ia passar com o tempo, sabia ela. Germão fumava um cigarro no quintal enquanto ela fazia isso.

— Tu não limpasse o chão do quintal hoje não, foi? — perguntou, de costas para a entrada da casa, olhando o terreno, que tinha folhas caídas no chão e não estava riscado pela palha da vassoura.

— Limpei não — respondeu Hermina.

— E não limpou por quê? — Germão soltou no chão do terreno o cigarro que segurava com o dedo indicador e o dedão. — Limpe agora.

— Eu limpo, pai — intrometeu-se Mirto. Assistia à presença de seu pai sempre muito lacônico, não só porque não dominava as palavras, mas porque também temia falar algo errado, que o fizesse bater na mãe ou mesmo nele.

Mancando, o garoto saiu para o quintal, iluminado pela lua, pegou a vassoura e foi dar-se ao trabalho de limpar o terreno. *Chaqui, chaqui, chaqui*, roçava a palha no chão. Fazia silêncio, e o menino tentava prestar atenção nos sons que partiam de dentro das paredes da casa, com medo de deixar algo escapar ou de ter sido responsável por algum problema.

Escutou as lapadas brandirem de dentro de casa com eco e tudo. Sua mãe chorava e apanhava de corda.

Naquele dia, não fez nada a respeito disso. Terminou de varrer o quintal e entrou em casa. Virou a noite acordado porque o pai não fora deitar.

9

Retirante

Mirto, agora um quase-homem formado, com mais cabelo nas pernas que no rosto, e mais no peito que nas pernas, saía de vez em quando de casa. Ainda que mancasse e sentisse no pé a dor, não se prendia sob o teto eternamente. Gostava de aproveitar a quentura do sol, a secura da terra e o vermelho da estrada. Certamente não o fazia com frequência, tinha medo de seu pai chegar em casa e atentar contra a sua mãe.

Genilda era sua amiga mais próxima. Brincavam desde que eram pequeninos. Em meio à solidão que Mirto encarou quando cresceu, foi Genilda, de todos os amigos antigos, que fez questão de ainda visitá-lo, para tomar um café e trocar ladainhas da vida.

Com Genilda, Mirto não falava: fazia trocas. As palavras, que para ambos eram estranhas, saíam de um para o outro, e eram processadas e costuradas, fio a fio, para formar algo que para o dois significasse objeto de garantia da amizade. Hoje falavam de amor:

O cozer das pedras, o roer dos ossos

— E tu acha que Toninho amava seu Abdias, é? — quem perguntou foi Genilda. Seu cabelo, preso num coque no alto da cabeça, estava bem penteado. A boca, grande, ornamentava o rosto simétrico e oval, esticado. Genilda era mulher alta, magra, de traços marcantes. A pele, escura como o breu, fazia-lhe ser desenho calculado ambulante: beleza e sensatez, as duas coisas unidas e enraizadas num só corpo.

— Eu acho — respondeu Mirto, olhando pro nada. Sua voz, afetada sem qualquer delicadeza pela puberdade, que havia muito naquele corpo em estirão se estabeleceu, falhava nas vogais entoadas.

Estavam os dois sentados num banco de madeira ao lado da casa de Genilda. Os pais dela estavam na roça. O banco que servia como assento fora ali colocado pelos pais da garota, com o único e pragmático objetivo de servir de ponto para as conversas da vizinhança.

Genilda tinha o que para Mirto era uma família ideal. Um pai carinhoso, que ajudava em casa, e uma mãe acolhedora e corajosa, que moveria o céu e a terra caso fosse necessário se impor sobre os desejos do marido. A casa exalava paz, e Mirto não era o único a pensar assim. A paz estava no rosto de sua amiga, no olhar, no jeito de falar. Nunca havia visto Genilda perder o controle de si. Sempre fora poço de afeto e cuidado e, por isso, talvez, escolhera-a inconscientemente para ser sua amiga. Genilda era tudo do que Mirto precisava. A cabeça do menino, calejada, os miolos retorcidos pelo caos da própria casa sem amor, o coração abandonado, cercado de solidão que o deslocava do mundo, por acolhimento em alto e bom som clamavam. Como sempre tiveram uma amizade baseada na troca, Mirto era para Genilda aquilo que ela também precisava: alguém para acolher, para chamar de seu, em algum sentido. Genilda ama o cuidado. Disse que quer começar a aprender a fazer partos.

— Mas tu achas que ele se matou por causa do seu Abdias? — perguntou a moça, com parcimônia.

— Aí eu já num sei — respondeu Mirto, pegando do chão uma pedrinha lascada e a arremessando para longe, sem qualquer objetivo ao fazer aquilo.

— Mas a mulher disse que tava na carta que ele tava amando quem num podia amar. — Genilda não olhava para Mirto, mas sim para o nada, para a mata seca ardente na quentura.

— Sim, mas e se essa mulher estiver mentindo? Eu acho que Toninho e seu Abdias se amavam porque eu acho, mesmo. Num desgrudavam. Toninho só falava do patrão, e aquilo era amor.

— Mas tu acha que seu Abdias amava Toninho? — Raciocinava Genilda, na busca pela assimilação das ideias do casal agora inexistente.

— Seu Abdias continua vivo, né? Amava não. Quem amava era Toninho. Amor não deixa ninguém vivo, não.

— *Cunversa*, Mirto! Eu amo você e tô aqui viva! — Revoltada, Genilda finalmente o olhou no fundo dos olhos.

— Eu sei que tu me ama, menina! Deixe de coisa. Tô falando de romance, de gente querendo casar! — Mirto pegou mais uma pedra do chão, pronto para arremessá-la no mato, como estava fazendo pouco tempo antes. — Quem ama desse jeito tá condenado à morte.

O cozer das pedras, o roer dos ossos

— E por que tu diz isso, que o amor não deixa ninguém vivo?

— Não sei — respondeu ele, arremessando a pedra —, mas eu nunca vi gente que amava assim durar muito.

Quando deixou Genilda, voltou para casa. O sol estava quase se pondo, e seu pai chegaria logo em casa, bêbado. Já sabia que a sina o aguardava. Todo dia a mesma coisa.

Pela primeira vez, contudo, para a própria surpresa, que estranho, Mirto enganou-se: o pai não apareceu em casa naquela noite.

A mãe, serva do maldito amor, preocupou-se logo.

— *Aia!* Será que teu pai tá é envergado com rapariga em bar? — perguntou Dona Hermina, olhando nos olhos de Mirto, como se esperasse que o filho lhe desse resposta.

Do marido ela apanhava, mas era presa ao afeto que a vida lhe mostrou, apesar de ele lhe arrancar sangue com frequência viciada. Mirto, que aos poucos abandonava a inocência infantil, começara a se perguntar, sem entender, como a mãe ainda tinha a coragem de se preocupar com o traste do marido. Bendita fosse a hora que ele decidisse nunca mais cruzar o caminho dos dois.

— Sei não, mainha. E tem quenga que quer aquilo?

Hermina o fitou com braveza. Enfezada, enrugou a fronte, encostando as duas sobrancelhas malfeitas e bagunçadas.

— Tu tá me chamando de quê, menino? — perguntou, séria.

— Nada! Tô é querendo saber por que diacho a senhora ainda se importuna com o paradeiro desse homem que é pra você, todo mundo diz, o que sete palmos de terra são para o defunto.

— Mirto, teu pai salvou minha vida — disse ela, abaixando os olhos, olhando para os próprios pés.

— Germão falta é te matar todo dia.

Pelas costas, Mirto não chamava o pai de *pai*. Tinha nesta atitude seu refúgio de revolta, um escape para o medo, o ato de rebeldia que lhe permitia afirmar não parentesco com tanta crueldade. A mãe visivelmente reprovava a mania, mas não protestava, pois sabia o que o gesto tinha de significado para o garoto, e resolvia desta forma dar vazão ao sentimento maternal de quem acolhe sem julgar.

— E não mata por quê? — perguntou, agora incisiva. Olhou o filho direto nos olhos, como se o mirasse com espingarda recém-polida.

— Porque não quer.

— Porque me ama! — Ríspida, ela agora olhava mais feio ainda pro menino. Pendurou um pano de prato velho e rasgado no ombro. Estava *avexada*, preocupada, e viu-se caminhando de um lado para outro dentro de casa.

Calou-se, e o tempo voltou a correr. A noite se aproximava e nem sinal do marido.

— Tu ainda vai conhecer o amor, Mirto, e vai lembrar de tua mãe sendo surrada.

O menino quase se benzeu. Não queria saber de amar, e adoraria que o sentimento se encerrasse no apego a Genilda, que ele, sim, amava. Jamais a faria ficar nua, é verdade, e esta ideia nem mesmo o apetecia. Mas matava e morria por ela. Talvez o amor fosse matar e morrer por alguém.

A casa ficou silenciosa por alguns minutos, mas nem por isso a paz reinava. No lugar dela, a tensão dos dois — que estavam aflitos pela ausência de Germão, ainda que esta causasse em Mirto leve alegria — tomou conta do ar quente que infestava o ambiente.

— Mirto... — rugiu sua mãe, sussurrando no escuro, enquanto se aproximava da cozinha, agora iluminada por um lampião velho e quase apagado, que ela acendera havia pouco.

— *Senhora...* — respondeu o menino, com medo do que ouviria, porque, no fim das contas, sabia que, pela ordem do tempo, estava mesmo para chegar o dia em que teria de ir buscar o pai na porta do bar.

— Vá buscar teu pai.

Sequer pensou em contestar. Levantou-se, calçou a sandália de couro desgastada, e foi-se estrada de piçarra a fora, para trazer Germão para casa, custasse o que custasse. O que faria quando o visse? *"Painho, simbora pra casa que a mãe ta preocupada"*? Isso funcionaria nada! Fosse o que fosse, Mirto deixou que seus pensamentos se perdessem no caminho. Começou a olhar as estrelas que apontavam no céu escuro da caatinga, cuja única perturbação sonora era sua sandália arrastando-se nas pedras soltas ao chão, impulsionadas pelo andar manco do rapaz. Só não sentiu frio porque sua blusa surrada de algodão, que tomara do pai porque nele ela não mais cabia, esquentava-lhe parte do peito. A calça marrom empoeirada lhe fazia proteger as pernas para além dos cabelos que dela saíam, moço que era.

Passo após passo, lá ia o menino, sem perceber com perfeição que *pela primeira vez* estava saindo do povoado em que morava, para ir buscar o pai em boca de bar, do jeito que sempre lhe disseram que faria, mas como nunca se viu de fato fazendo. Seus passos se distanciavam do berço familiar, da casa dos conhecidos, do cemitério dos defuntos que ele viu vivos, lugar onde certamente seria enterrado. Sentia que, conforme ia atrás do pai, longe de casa, afastava-se de si, especialmente porque sua mãe, que muito de sua alma era composta, ficava para trás — como também ficava, e disso o menino não sabia, a vida que ele possuía. Para sempre.

Ao longe, as luzes amarelas da cidade começaram a apontar. Ligadas por fios únicos, a eletricidade trazia o sol artificial, dividido em lamparinas elétricas, no meio da noite que já havia ali se estabelecido. Mirto conhecia a incandescência amarelada da luz feita pelo homem, mas só não a tinha em casa. Sua amizade era com o lampião, esquentado, mas que de muito servia, porque tirava da noite a capa de medo que ela possuía sozinha.

A estrada começou a descer, como se a cidade fosse encaixada num perfeito buraco sobre o chão, uma cratera, deixada ali para ser habitada pelos homens fogosos, que tanto trabalhavam quanto afundavam suas mágoas em boemia barata.

Mirto seguiu a descida, aproximando-se da famosa zona urbana. Ali, no centro da cratera, em que a vida moderna fazia de morada, havia o novo. Lá estaria seu pai, é claro, um pilar da velha vida que o menino sempre levara; mas também havia o novo, que um dia também fora novo pra Toninho e outrora talvez para Roberval. Mirto avançava se perguntando se para ele a luz incandescente seria também o sol da própria casa quando preto o céu estivesse.

PARTE II: O CHÃO E O CAMINHO

1

Liberdade é veneno

A cabeça do menino-homem fazia-se ali no chão de terra seca sobre o qual caminhava na perseguição de sua sina um revira-vira: para onde estava indo sozinho, meu Deus? Caminhava ludibriado pelo delírio infantojuvenil de obedecer à mãe, mas não era o que ela desejava que ele fizesse o que habitava seu coração em vontade: não queria ver o pai. Sempre tivera medo deste dia em que precisaria ir ele mesmo, pessoalmente em alma e corpo, ao encontro de seu carrasco diário, pegá-lo pelo braço e enfiá-lo debaixo das arcas para fazê-lo descansar em casa, sob o teto que chama de seu. O medo, que quase sempre parte dos fúnebres buracos da falta da razão do pensamento, neste instante tinha base nas histórias que o povo contava: bar da cidade não era lugar seguro.

Sabia que o sangue derramado nos terreiros da frente dos bares da cidade, estas casas de desonra da cabeça, se juntado em baldes, regaria caminhos inteiros de plantações murchas e devolveria o verde ao sertão empobrecido pela seca: faria-o virar mar-morto, vermelho-ferrugem. Todos sempre lhe contaram que os bêbados eram como criaturas que se transformavam com a cachaça dentro dos bares, que antes de fazê-la descer pela goela, sentindo o sabor que Mirto só conhecia pelo cheiro do pai, eram bons homens, ou quase bons, com famílias para chamar de suas e tetos sob os quais dormirem. Mas, uma vez descida pela garganta a maldita, o enredo da benevolência desaparecia até mesmo do olhar: viravam bichos.

Os bichos, como se em disputa pelo espaço, não raramente se embrenhavam nos próprios braços uns dos outros, pouco depois da transmutação maligna, e cuidavam ligeiro de puxar a navalha, ou a peixeira, para fazer derramar do corpo do inimigo sangue o suficiente para matar a sede de um povo. Noite de bar quase sempre acabava em morte.

Mirto perguntava-se como o pai sempre voltava vivo. Germão chegava em casa transformado, é verdade. Do caminhar ao respirar, do cheiro à cor, tudo o que lhe pertencesse enquanto humano desaparecia e a figura tão logo virava a ameaça. Mas por que não morria? Como não era ele o homem que deixava sangue arrastado na terra da frente do bar? De duas, uma: ou nunca brigava, por ser frouxo, ou sempre matava, por ser bicho.

As esposas destes lobisomens da pinga quase nunca tinham a coragem de mandar os filhos, até certo instante seguros dentro de casa, fazerem suas as estradas para a cidade, em busca do elo paterno que ali se embebedava. Tinham medo, certamente, de que os meninos entrassem pelo caminho do perigo e voltassem para casa sob a forma de bicho bêbado, ou chegassem dentro de pano embebido em água vermelha com cheiro de ferro, mortos.

Elas mesmas jamais iriam. Bar não era lugar de mulher. Soube-se de pouquíssimas figuras femininas que tiveram a audácia de habitar o mesmo teto que os assombros encachaçados. Vez ou outra sabia-se de putas fumantes que mantinham o equilíbrio do lugar, não com parcimônia, mas com força que fazia qualquer bicho sobre o solo tremer de medo. Ai de quem mexesse com puta de bar: matavam sem desconto qualquer um que seu momento de descanso da desgraça atrapalhasse, fosse este com boas ou más intenções. O destino já fora para elas tamanha derrota que qualquer um que lhe invadisse o caminho de refúgio existencial estaria cotado para fazer companhia ao diabo; se é que este estivesse disposto a receber os infelizes na boca do inferno.

Pois bem, a cidade estava agora cara a cara com Mirto.

A estrada já não era íngreme e, se olhasse para trás, o caminho subia escuro. À sua frente, a terra fazia-se plana e revelava o rebuliço semiurbano da noite. Movimentada, barulhenta, suja e com muita gente, a cidade fazia barulho e lhe convidava a entrar no novo mundo, onde o Mirto quase-homem não habitaria com tranquilidade, precisando assim abandonar sua infantilidade imatura para mancar com coragem e autoridade no lugar do qual sempre tivera medo, mas cujo ar era envenenado pela liberdade.

2

O pandemônio
sem cara de inferno

Abandonando aos poucos a alma de menino, enveredou-se pela coragem de assumir a forma de homem para encarar o ar quente da cidade, cheia de vida, erguida à sua frente. Estranhava-o o jeito com o qual as casinhas eram bonitas. Tinham cor e, quando não tinham, apresentavam o concreto cinza e seco nas paredes, isolando com força seus habitantes do resto do mundo. Algumas contavam com portões de metal que tinham cores distintas da paleta da seca: alguns brancos, outros vermelhos, outros pretos. O metal reluzia sob os postes de luz que se erguiam a metros sobre as moradias de alvenaria, e sob as quais transitava toda a gente.

Era gente diferente: mulheres e homens num mesmo espaço, segurando nas mãos sacolas de mesma cor, crianças ao lado de algumas mulheres de vestido, com o olhar curioso, mas, curiosamente, não ingênuo. Engraçado, até as crianças olhavam diferente para o mundo na cidade. Era como se naqueles passinhos miúdos sobre o chão de paralelepípedos não houvesse espaço para a infância inocente.

O cozer das pedras, o roer dos ossos

A noite caía escura, mas as luzes de mentira faziam-se o sol que mostrava para Mirto a face da cidade. Era feia, carrancuda e ignorante. Ninguém olhava muito para ele, diferente do que sempre aconteceu. Claro, ainda olhavam, não havia tanta distração ali, porém não o olhavam como se dele esperassem algo: não o conheciam! Não o conheciam! Eis aqui o novo: *não o conheciam!*

Perdeu o medo quando se deu conta disso. Ninguém dele esperaria qualquer coisa, nem o bem nem o mal, nem a cor nem o cheiro, nem a voz nem a escuta. Nada! Sequer a existência seria ali exigida. Libertou-se de muitas amarras a partir de tal conclusão... Mirto respirou fundo, abriu um sorriso que ninguém viu, folgou os pulmões sem que ninguém achasse estranho, e caminhou no meio do povo sem ter medo de ser quem era devido ao julgo alheio interrompido.

Casebres de porta única mostraram-se amontoados quando o menino, agora de fato homem, avançou cidade-adentro. Eram amontoados de cômodos, com calçadas sujas e altas ao lado das quais corria água suja dos esgotos, visíveis e fedorentos, para quem quer que parasse para notá-los. Havia vários, mas não inúmeros: uma finitude de casinhas de onde saía som e fumaça. Franziu a testa ao não entender o que estava à sua frente, apesar de ter gostado da imagem. Diferente de tudo o que Mirto já vira, estavam ali o que ele supôs serem os famosos bares.

Eram estes então os pandemônios? Não pareciam de um todo ofensa. De suas portas abertas, como de bocas falantes, saía a barulheira das músicas altas que tinham a intenção de alegrar o espaço para os que ali resolvessem habitar momentaneamente. Em algumas calçadas, agora ele viu, mesas de metal se espalhavam com cadeiras enferrujadas ao lado, algumas ocupadas por homens e mulheres, todos com fumo na mão. Esses sujeitos, percebeu o rapaz, pegavam da mesa um copo transparente cheio e o esvaziavam a goles lentos, enquanto trocavam gargalhadas em meio ao papo, divertindo-se com a companhia alheia. Se aquelas eram as putas e aqueles eram os lobisomens, não via rastro de sangue.

Ansiou por aproximar-se do lugar que gritava libertinagem e alegria. Apressou o passo, com o pé mutilado doendo menos, anestesiado pelo desejo de se juntar àquele espaço, e viu-se a poucos metros da primeira das portas de bar. Demorou para sentar-se.

— Opa! — ouviu gritarem. De imediato, buscou a origem do chamado. — Ei!

Do canto da calçada, sentado numa mesa sozinho, com um cigarro branco pendurado na ponta dos dedos da mão direita, as pernas esticadas debaixo de uma calça de algodão rosada, chinelo de couro e pés cinzentos pelo tempo seco, havia um homem que lhe chamava.

Mirto, que a essa altura já estava tonto pela ansiedade de conhecer a fama destes purgatórios que nem se pareciam tanto com o inferno, flechou com os dois olhos o rosto do homem: não era novo nem velho, tinha rugas e suor escorrendo. Os dentes amarelados se abriam um pouco tortuosos, e dali não exalava perigo, mas convite. A expressão era animada, divertida e, de certo modo, parecia que o homem desconhecido desejava aliviar a tensão do rapagão que escapava ali da zona rural.

— Tu mesmo, menino! — Sorriu o homem. A pele alaranjada, não tão escura, mas de fato nada branca, cor de cobre, brilhou pelo reflexo das gotas de suor na testa. — Tá é perdido, é?

O homem não arrancou do rosto o simpático sorriso. A camisa com um intenso vermelho cor de fogo, de botões, semiaberta, cobria a barriga quebrada, redonda, até a altura do umbigo, deixando os peitos quase à mostra, também suados, mas cobertos por uma camada grosseira de pelugem.

— Vim buscar meu pai! — disse Mirto, perdendo um pouco da tensão dos ombros e folgando as costelas para falar com o desconhecido que ainda lhe parecia interessado em conversa.

— E quem é teu pai? — O homem entortou a cabeça para a direita, como se quisesse melhor entender Mirto, a curiosidade entregue nas bochechas alargadas pela risada agora confusa.

— O senhor não conhece, não! — Já tinha dado liberdade demais para o homem, e olha que dele nem o nome sabia. Não iria falar tanto sobre si a ele.

— Oxente, e como é que tu sabe? — Lançou o homem rapidamente e tragou um tanto de fumaça de seu cigarro branco, que teve a ponta incendiada pelo esforço da inalação. Mirto não soube responder e, por isso, deu um sorriso de desconforto olhando com o cenho franzido para o curioso.

— Vem aqui, menino! Tá é com medo, é? — O sujeito pegou da mesa uma garrafa enclausurada num isopor branco e sujo e encheu de bebida borbulhante o copo de vidro diante de si. — Chegue aqui, tome esta comigo.

Aberto à possibilidade de descobrir o mundo que ali estava, e esquecendo-se do propósito inicial da expedição urbana, Mirto folgou o corpo e aproximou-se, a passadas curtas, do homem, sentando-se na cadeira vazia ao lado da dele.

3

Bastava botar arnica

Sentado, com as pernas esticadas sobre o concreto sujo da calçada, a cadeira de ferro mais dura que pedra, entortando seu espinhaço em degraus para cima e para baixo, Mirto pregou o olho no homem que estava ali tentando fazer companheirismo.

— Qual é o teu nome? — Foi Mirto quem o silêncio quebrou, vencendo a timidez, que brotava como semente em suas trêmulas mãos nervosas.

A pergunta foi inocente, feito quase tudo na vida do rapaz. Mas o tom, fisgado como peixe em isca, foi certeiro na alma do homem suado e desajeitado, apesar de firme, com quem agora dividia a mesa de bar e o mesmo copo de cerveja.

— Francisco. E o teu?

— O meu é Mirto. Mirto Aroeira Pereira Santino.

Francisco deixou-se confortável para abrir a conversa. Sentiu que, conhecendo agora ao menos o título da alma daquele corpo grande e esbelto que lhe ocupava as vistas, poderia dar passos intimidade adentro. Deixou-se levar pelo papo, que restou a ele retomar com pressa:

— Nome grande. — Concluiu, falhando na investida da conversa. Não sabia escapar ao laconismo. Tinha em sua frente um rapaz alto, maior que ele, com ombros largos, mas que caminhava torto, e não cedia fácil à perspectiva do olá. — Tu manca por quê? — Francisco não deixara passar os passos irregulares do rapaz quando o vira perambular perdido pelo chão esculhambado da ruela dos bares.

— Machuquei o pé.

— Fazendo o quê? Trabalhando?

— Jogando bola.

Francisco deu risada, uma gargalhada alta e irreverente, que o fez levar o coco da cabeça para trás e esticar o pomo-de-adão protuberante, fechando os olhos pela graça. Olhou o corpo do rapaz de cima a baixo, vagueando a pupila sobre a superfície de sua aparência curiosa. Começou pelo cabelo crespo, brilhoso, mas aparado de forma visivelmente caseira, ajeitada; vagueou pela roupa com o suor quase seco, e parou a vista no pé machucado do menino. Lembrou-se de quando era seu tempo de criança, em que ele, desajeitado e ainda desequilibrado no fio da vida, também confundia pedra com bola e chutava o chão, arrancando o tampo do dedo e fazendo o sangue escorrer sobre a terra do campo de futebol improvisado por ele e pelos amigos.

— E tu não botou nenhum remédio? — perguntou, recuperado das gaitadas.

— Não... Meu pai disse que eu devia era arrancar o dedo que me deixou assim — Mirto disse isso olhando para

O cozer das pedras, o roer dos ossos

baixo, envergonhado pelo relato, cujo recitar em voz alta lhe causou profundo incômodo.

— Oxe, e para que essa brabeza? Bastava botar arnica — o homem disse isso como se a obviedade nunca lhe tivesse sido tão grande. *Bastava botar arnica!*

— Ninguém nunca me deu arnica. Fiquei foi de cama, quase esqueci como fazia para caminhar. Parei até de brincar. Agora tô assim, manco — explicava o rapaz ao companheiro de mesa a história, gesticulando com as mãos e franzindo a testa jovem, para dar à argumentação maior tom de verdade.

— E tu não passa nada? Pra sarar, eu digo — perguntou Francisco, dessa vez perdendo qualquer contato com o semblante de comédia, afastando-se da diversão que aquela situação lhe pudesse ter causado, pois entendeu, finalmente, que o menino falava sério.

— Já faz tempo que tô assim. Tem jeito mais, não. — Mirto negava com a cabeça para um lado e para o outro sobre o pescoço, entristecido, cerrando os dois lábios ressecados, desprezando a condição de irreversível machucado. Viu o homem torcer as sobrancelhas, olhando-o assustado pela afirmação de que não havia solução para o torto andar:

— E como é que tu sabe que não tem jeito?

Mirto, sem pedir licença, desajeitado, sentiu-se confrontado pelo homem que duvidava de sua certeza sobre a carne do próprio corpo. Num ímpeto de rancor imediato, saído não sabia de onde, para provar ao amigo recente que estava certo sobre o próprio pé, subiu a barra da calça da perna com o pé machucado, tirou o chinelo de couro, e botou sobre a coxa de Francisco a perna inteira.

— Tu acha que tem jeito aí? — indagou, enquanto tinha o corpo em uma constrangedora posição: quem olhasse para os dois de longe, veria que a cena se assemelhava ao encontro de acasalamento de bichos verminoides, enrolados um sobre o outro.

Francisco examinou os dedos tortos e as unhas aparadas, mas nada limpas, que davam ao pé machucado de Mirto anos de idade a mais do que de fato tinha. Desgrudou o olho dali e voltou a fisgar o rapaz pelos olhos. Com a perna ainda sobre a coxa do amigo, Mirto inibiu-se pelo olhar direto que dele recebeu, esticou o braço e abriu as mãos para o copo de cerveja na mesa à sua frente. Com naturalidade, retirou a perna do colo alheio e, num súbito, voltou à realidade, perguntando-se que tipo de liberdade havia dado àquele homem que era para ele tão novo quanto a própria quentura da cidade que pairava no ar. Mesmo assim, não ousou se arrepender de ter esticado a perna para o desconhecido. Ora pois! Onde já se viu duvidar das certezas que o rapaz tinha sobre o próprio pé, que o limitara de conhecer tanto do destino?

— Parece que não — foi o que Francisco respondeu, já sem o pé do outro sobre a coxa, encorajando-se a tecer um comentário em resposta à pergunta revoltada do rapaz. Um frenesi no meio da barriga infestou o corpo do homem, que ali tremeu ao ver a coragem finalmente impressa nas feições do rapaz desafiado por sua mania grosseira de se intrometer. — E tu veio buscar teu pai, foi?

Como gatilho puxado de espoleta, sem prévio aviso e com um ressoar de munição explodindo pelo ar, Mirto lembrou-se de seu propósito ali. Havia esquecido brevemente o motivo de ter viajado a pé pela estrada a essa hora da noite sem sol. A culpa do esquecimento era a cabeça, repousada longe, sentindo os embrionários efeitos da cerveja, refletindo sobre onde estava e com quem estava, mas não sobre o que estava fazendo.

— Mamãe pediu. — Explodiu assim a espoleta, resgatando o rapaz ao melancólico retornar do mundo palpável.

— E tu mora com tua mãe é? Tu tem quantos anos?

— Não sei, deve ser uns vinte. — E não mentia. Não sabia quantos anos tinha, mas talvez tivesse mais que Genilda, sua amiga, cujo churrasco de quinze anos, para ela um sonho à época, aconteceu havia quase um mandato de governo. — Uns vinte e pouco.

— Idade boa. O tempo dos vinte é coisa sem sofrimento, tu num acha? — Francisco disse isso pegando o copo que dividia com Mirto sobre a mesa. Bebericou sem fazer careta. — A vida fácil, papai e mamãe vivos, a força para o trabalho banhada de energia, e coragem até para matar.

— E tu tem quantos anos? — Mirto fez da curiosidade uma frase completa, investigando por quanto tempo sobre a terra vagueou o colega que, diante de tantas perguntas, parecia capaz e disposto a matar ou morrer pra saber da vida alheia. — E faz o que da vida?

Francisco respondeu como se citasse um enigma, sem dar a idade exata, mas também sem se afastar muito da solução:

— Mais que tu, e certamente menos que tua mãe. Não cheguei nos quarenta e passei há poucos meses dos trinta. Trabalho entregando soja num caminhão.

Achando o homem demasiadamente envelhecido para trocar conversas, Mirto resgatou-se à realidade. Decidiu que não prolongaria o debate por tanto tempo, estava nadando em mares de primeiras vezes: da cidade à cachaça. Não achou virtuoso conversar em demora com o homem desconhecido e gentil que tinha nome popular, mas que tanto de sua vida queria saber. Assim, levantou-se da cadeira, confundindo os horizontes de seu parceiro de mesa; ajeitou a barra da calça do lado que ficava o pé machucado, que ainda estava erguida sobre a metade da canela, e esticou a mão para o homem agora bêbado:

— Tenho de ir. Está tarde e preciso levar papai pra casa. O senhor se cuide e obrigado pela bebida. — Ao concluir a frase de despedida, o parceiro de copo apertou-lhe a mão, balançando-a de forma rítmica, como panos em varal de cortiço, soltos ao vento, para cima e para baixo.

— Está cedo! — respondeu Francisco, com um semblante desanimado, sem tropeçar nas palavras, frustrado por precisar aceitar o abandono que Mirto havia traçado. — Vá em paz, viu? Se precisar de alguém, procure por mim, que se eu num estiver aqui, tô no bar da Creuza, ou no mundo.

Chacoalhando a cabeça positivamente, grato pela compreensão do colega recém-feito, Mirto sorriu desajeitado. Largando a mão de Francisco, resolveu que daria ouvidos ao conselho e tentaria voltar para casa em paz, depois que encontrasse Germão e o empurrasse estrada acima para sob o mesmo teto de Dona Hermina.

4

Espinhaço sobre o balcão

Deu as costas para Francisco, entristecido ali sentado, e deixou-o em solidão. Naquela noite, não sabia se o veria mais uma vez. Apertou no chão o passo do destino. Mirto voltou a vislumbrar os enfileirados casebres liberarem fumaça e barulho para o lado de fora, onde ele estava, recém-estarrecido pelo denso movimento da névoa-sombra do frio de sua barriga.

Partiu, e um tempo depois de vaguear sobre as calçadas dos bares, olhou para trás e percebeu que Francisco havia saído da mesa que lhes fora lar do primeiro contato. Lembrar-se-ia de procurá-lo caso lhe fosse isso necessário. *No bar da Creuza ou no mundo*, Mirto agora tinha um amigo para chamar de seu, que estava além-casa. Feliz, pôs-se a respirar com calma, tocando com as mãos a realidade, e iniciou a pesquisa de porta em porta pelo pai, cuja alma estaria certamente trôpega de tanta cachaça.

Era tarde da noite, e àquela hora o ar geralmente quente abria espaço para a friagem do sereno. Roendo os dentes pela temperatura que de repente reduzira-se, Mirto tentou esquentar o corpo tremendo de forma reclusa, amedrontado pelos olhares alheios que, apesar de não chegarem ali até ele, poderiam mirar-lhe de surpresa.

Viu-se de novo sozinho, como sempre fora, e decidiu que estava na hora de encontrar de fato o pai. Já não lhe fazia mais sentido o cumprir a vaidade da dádiva de ver o novo. Precisava levar o pai para casa, esperar o drama diário de sofrimento maternal, que certamente naquela noite se daria, e apegar-se ao sono que chegaria quando Germão, em monstro transformado, se deitasse em sua cama e dormisse feito pedra.

Vagueou, pois, calçada a calçada, enfiando o olhar sob os batentes das portas abertas, à procura da figura do pai dentro de algum dos casebres. As mesas das calçadas, com as cadeiras a cada minuto mais vazias, pois o povo havia de ir para casa dormir ou afundar-se em mágoas alcoólicas, encontravam-se mais silenciosas, apesar de ainda intensamente barulhentas. O paradoxo da existência do lugar habitava aí o agora: não era o que já foi, mas estava longe de ser o que seria depois disso tudo. Mirto sentiu com profundidade a solidão.

Decidiu que não voltaria para casa sem o pai, e, caso não encontrasse Germão, sequer cochilaria. Havia prometido para a mãe, o ser que para ele era o amor, devolver o que para ela era a tranquilidade da noite, e foi por isso que se embrenhou a passos desacompanhados para a busca do marido da sua amada.

Determinado a realizar a fantasia palpável, Mirto passou a ater-se por mais tempo com os olhos sob os tetos dos

O cozer das pedras, o roer dos ossos

bares atrás das portas abertas. Em cada casebre, barulho, fumaça e gente. Se as calçadas esvaziavam por culpa da noite, os balcões no interior dos bares, detrás dos quais havia sempre um homem com um pano branco pendurado sobre o ombro, só faziam lotar com o passar do tempo. As almas que ali repousavam de pé dispunham-se da energia necessária para tornar físico o desejo de escapar do destino cruel, que a elas havia reservado somente coisas a perder.

Caminhou sem ver o pai por mais bares. Perguntou-se se o encontraria ali mesmo, naquela noite, ou se perderia a disposição e passaria por cima da promessa que fizera à mãe e a si — mas Mirto não era homem de descumprir promessas, ainda que fizesse poucas e para poucos.

Pronto!

Reconheceu, de pé, em frente a um balcão e de costas para a porta, o dorso encurvado de um homem comido pela idade e de cabelos brancos ralos. O espinhaço fazia curva sobre o batente do balcão e o corpo apoiava molengo o cotovelo na quina da parede erguida para dividir prateleiras e bêbados. Era seu pai.

Mirto testemunhou-se afrouxar a coragem e, uma última vez, ponderou se deveria entrar ali e perseguir o refúgio de Germão.

Decidiu que sim.

5

Peito bate-asa

Era a primeira vez que entrava em um bar — até agora, não de forma desgostosa, havia se restringido a habitar as calçadas de concreto dos pandemônios de porta aberta. Botou os pés no lugar, embebido pela coragem provocada pela cerveja que Francisco havia lhe repartido pelo mesmo copo. O medo, que deveria ludibriar-lhe a testa com gotas de suor nervoso, persistiu por poucos momentos num pedaço curto do ápice do seu coração, que acelerou em batidas tensas, cuja energia fez as costelas saltarem perceptivelmente. Quando se acostumou com o bater-asas do peito, permitiu ao medo que fosse embora, dando ordens inconscientes para que o sentimento de insegurança lhe abandonasse, pois ali nada havia de fazer proveito se tivesse pé-atrás.

Andou firme porta adentro. O cheiro do lugar lhe infestou as narinas e impregnou-se sobre os pelos de suas fossas nasais, com a catinga de cigarro misturada com o odor de suor de gente. Ali não fazia frio. Era úmido e quente, absoluta e indescritivelmente desconfortável. O chão, em que se arrastavam os chinelos do menino manco, estava grudento. Concluiu que a cola de sandálias espalhada pelo chão era devido à bebida que os bêbados e as putas, estonteados pela porrada do álcool, derramavam ao fazer bagunça sobre o espaço aberto debaixo do teto de telha de barro.

Olhou para cima e viu ninhos inteiros de teias de aranhas. As paredes, pelas quais também escorreu as pupilas, estavam longe de serem conservadas: rabiscadas, sujas de bebidas derramadas, marcas de beijos com batom vermelho, que as putas em algum momento de proveito da insanidade certamente lhe haviam destinado sem qualquer amor e, era muito provável, às gaitadas de alegria. Mirto, deixando que o devaneio lhe penetrasse mais no fundo da cabeça, observando as marcas de batom estampadas nas paredes, imaginou um cenário em que as putas faziam uma roda para beberem juntas no interior do bar, todas em pé, compartilhando o amargor do presente.

Aproximou-se do balcão, mas não ousou repousar sobre ele o cotovelo. Estava perto do pai e o coração voltou a bater no peito como se quisesse dali saltar para fora em desespero. Agora sentia medo, e percebeu que as palmas de suas mãos gelaram. O atendente o notou e caminhou rumo a ele, com o propósito de atender-lhe o desejo:

— Vai querer o quê? — Era um homem idoso, corcunda, careca e de nariz grande. A pele era bronzeada, mas não chegava a refletir o laranja-cobre que a Mirto encantava os olhos. A voz, arrastada mas alta, evocava a quem ouvia o atendente a sensação de que o fumo lhe havia destruído parte dos pulmões.

— Me dá água.

Mirto não tinha dinheiro para comprar qualquer bebida. Não foi para isso que saiu de casa — e mesmo se o tivesse feito, não teria de onde arrancar centavos. Até a cerveja que havia tomado pela primeira vez havia sido por ele tomada de graça. Pediu água num lapso de sagacidade porque supôs que talvez não lhe cobrassem para dar a ele o que da torneira saía.

— Só tem quente — foi o que respondeu o homem, que Mirto decidiu entender como o dono do estabelecimento.

— Pode ser.

Piscou, e havia em sua frente um copo de vidro igual ao que havia servido de moradia temporária para a cerveja que bebera na agora distante calçada com Francisco, mas desta vez cheio d'água. Assentiu com a cabeça para o dono do bar, que o deixou à vontade e migrou para outro canto do balcão. Os olhos de Mirto foram da água quente no copo para o lugar do balcão em que estava o pai, este que ainda não lhe havia notado a presença.

Investigou se teria a coragem de fazer o que a mãe lhe havia clamado que fizesse. Temia que a agressividade do pai lhe viesse ali brotada sem pudor, empurrando-se para cima do filho e fazendo-o correr para casa, com medo e sozinho. Não tinha qualquer autoridade para fazer o pai tomar um rumo diferente do que desejava ou do que a bebida lhe incentivava a tomar.

Sem pressa, bebeu quente a água do copo, o qual repousou, com cuidado, vazio no mesmo lugar de onde o havia tirado. O gosto da água era de metal, talvez pelo

O cozer das pedras, o roer dos ossos

encanamento que a levava para fora das torneiras, mas não era de todo mal. Serviu-lhe ao objetivo de matar a sede, todavia sem lhe acalmar o coração, que em nervosismo intenso saltitava.

Inflou o peito. Já não havia mais o que fazer. Bastava convencer o pai a ir para casa.

Num torpor de coragem que lhe habitou o corpo, o coração quase parou em confusão. Confundiu até a postura da coluna, não sabendo com que tamanho de dorso deveria avançar sobre o pai ali visivelmente em bêbado-lobisomem transformado.

Deixou para o destino a função de elaborar a postura com a qual se colocaria em frente a Germão. Deixou também nas mãos da incerteza a frase que diria ao pai quando o convidasse, gentilmente ou não, para retornar à casa.

Antes de avançar, beirando o balcão, Mirto deixou que lhe habitasse a cabeça uma conclusão tranquilizante: deu-se conta de que, apesar de tudo, Germão não estava traindo sua mãe com outra mulher, mas, pelo contrário, parecia angustiar-se em solidão.

6

Panela de pressão

— Pai, mainha disse para o senhor ir pra casa.

Mirto abordou o pai com cautela, mas sem deixar que sua voz expressasse o medo. O motim de emoções dentro de seu eu mergulharam em um armário sobre o qual o pano da coragem se estendia, protegendo-o da poeira.

Quando disse o que disse, o pai virou-se devagar. Não recebeu de primeira qualquer olhar violento ou mesmo raivoso do homem que torturava sua mãe e a privava da boa vida, mas, surpreendentemente, atingiram-lhe as entranhas os dois olhos caídos do bêbado desajeitado, descompreendido de si, visivelmente em outro mundo que não este, com os lábios úmidos de pinga e o desenho da boca torto pelo efeito da inconsciência alcoólica. Lobisomem, monstro desumano, lenda da violência, disparo de carabina: este era seu pai.

Diante de Mirto, perdeu-se naquele corpo vivo, apoiado ainda com o cotovelo sobre o balcão do bar-purgatório, qualquer resquício de familiaridade com a figura com a qual o rapaz dividia o teto de casa ou da vida. Em um giro de meia-volta, Germão colocou-se rosto a rosto com o filho.

— Diabo é isso? Mirto? Vai pra casa já! — As palavras eram amargas, ditas altas, para que se sobrepusessem ao som que uma caixa na tomada havia muito tempo deixava tocar dentro do bar. O bafo de cachaça saltou a língua de Germão e rapidamente confundiu-se com o odor sujo que o ar havia impregnado nas narinas de Mirto.

A situação desconcertou o rapaz por um breve instante, que não durou muito. Na busca pela reconquista da razão, do sentido e da materialidade, Mirto não se deixou inebriar pelo medo que subiu do solo às suas vísceras. As mãos gélidas cerraram-se com força, para que do sentido físico da vida o consciente do garoto não escapasse.

— Vou só com o senhor — respondeu, firme. — Tô dizendo, a mãe quer que o senhor vá pra casa logo. Já tá tarde, num é mais hora de homem casado, pai de família tá dentro de bar, não. — De onde havia brotado a audácia que lhe guiou o tom e as falas, o rapaz não sabia.

— Oxe! — Germão parecia assumir a postura de quem sai do devaneio, com a raiva que visivelmente subia-lhe o pescoço e escalava a face, fazendo o ar sair grosseiro pelo nariz. — Cala a boca, menino! Mete o pé daqui! — Na voz, perdeu-se a solidão e dali saíram as já familiares faíscas de violência.

— Pai, eu só vou quando o senhor for. É ordem de mainha. — Os olhos de Mirto estalavam-se num abrir de pálpebras enorme, e o branco do olho ocupou mais espaço que em qualquer outra situação. Era medo e coragem, travando briga em fogo cruzado no interior de sua testa.

Germão deu-lhe as costas mais uma vez e voltou a encarar o copo, pela metade preenchido, solto no balcão. A essa altura, alguns olhares do ambiente já miravam os dois com certa tensão. A sensação que ocupava o ar, flutuando sobre os ombros de todos os presentes e expandindo-se de corpo a corpo, era a que sempre habitava o espaço quando filhos iam atrás dos pais na borda dos balcões. A história era sempre a mesma: o menino ia pelas ordens da mãe que, desconfiada de chifre, usava da autoridade para mandar seu embrião andarilho tirar a dúvida que lhe causava ansiedade, e trazer para casa a razão do desespero. Quando isso acontecia, não demorava muito para que os homens, bêbados-lobiso-mens, cedessem ao chamado da família, partindo para casa cabisbaixos, mas não envergonhados, caminhando com uma ira indicativa da necessidade que agora tinham de descontar em alguém a frustração de terem sido protagonistas de cena tão feia no meio de tanta gente. Entretanto, vez ou outra a situação terminava em desgraça, e não fosse esta a morte do filho, seria o assassinato da mulher em casa ansiosa.

Era pela potencialidade da desgraça, rara mas possível, que temiam os outros habitantes deste microcosmo do submundo, todos sentindo a tensão criada pelo pai e pelo filho em aberta discussão. Se Mirto parasse de olhar para o pai, e visasse panoramicamente as pessoas que em volta dos dois estavam, veria os gatos-pingados da noite todos com os ombros apertados, tensionados em medo, em silêncio, admirando a coragem do menino que veio o pai buscar. Havia também no olhar deles certa curiosidade amedrontada, uma expectativa pelo conflito familiar, cuja existência, ainda que

O cozer das pedras, o roer dos ossos

acabasse em enterro, satisfaria-lhes o ânimo que ansiava pelo entretenimento da selvageria.

Os segundos de desconforto coletivo só cessaram para dar lugar à histeria que se iniciou quando Germão, como o explodir de uma panela de pressão, lançou sobre o rosto de seu filho um tapa que de qualquer transe o arrancou.

7

Valente

O barulho do tapa desfigurou de Mirto a alma.

No instante do estalo da palma da bêbada mão paterna sobre sua face, doeu-lhe não só a superfície da pele, mas também as profundezas de sua obscura fonte de traumas, a mente. Com o fechar de seus olhos no susto, escureceu-se o mundo à sua volta e seu interior foi transportado a uma paralela dimensão de amargor sem arrependimento, em que toda a culpa que jorrava fonte afora fez piscina d'água profunda, sob a qual imergiu o sentimento de respeito filial que a figura do rapaz agredido ainda nutria pelo pai, mantendo com esmero a cristã tradição: *honra teu pai e tua mãe.*

O pai guardou a mão que bateu e virou-se de costas para o filho, como se agora esperasse que o menino lhe deixasse em paz e enfim fosse embora, permitindo-lhe que retornasse à situação de solitude na qual foi pelo filho encontrado. Agiu como se nada tivesse feito, e para ele de fato nada era: um tapinha em seu filho, pura garantia de autoridade, como fizera tantas outras vezes e como em tantos outros momentos repetiu tendo como alvo a esposa, enquanto ela gritava por misericórdia nos dias em que resolvia apanhar sem silêncio.

Os seres do submundo, que ao redor da cena de conflito estavam, em maioria bêbados, sentindo das cabeças aos pés o fervilhar da tensão disparada pelo tapa paternal, haviam em histeria entrado. Fosse pela empolgação já esperada no olhar para ver o pão e circo da possível gladiação, fosse pelo pânico que desejava paz no lugar que para eles era refúgio, as criaturas agora pediam em balbúrdia que os homens não brigassem. Entre gritos de vaia em reprovação, entre as falas pelo reforço do conflito, entre o endosso à autoridade do pai e entre o clamor pela coragem para o revidar do filho, o bar rapidamente tornou-se coliseu: Mirto esticou o braço para trás e o estendeu em punho fechado sobre a cabeça de Germão.

O homem entortou o corpo e, com a pancada, desequilibrou-se a ponto de necessitar retirar do balcão o braço apoiado e restabelecer o corpo de pé.

O pandemônio, que neste instante estava com a gritaria quase bichenta sobreposta a qualquer música ambiente que o dono do bar havia posto, organizou seus habitantes em roda ao redor de Germão e Mirto, estes que agora se encaravam com olhos afiados por imaginária pedra de amolar rancor. Bastava um olhar rápido para os homens de mesma altura, mas de idades diferentes, para dar de frente com o mais puro amargor embebido em ódio que os rondava. Era como se o espírito do diabo se fizesse ali presente e apontasse o dedo indicador para os dois familiares, anunciando o fim dos tempos.

Germão, enfurecido, não caminhou, mas tropeçou, avançando com as mãos estendidas na direção do pescoço de Mirto. Agarrou-o com a força aumentada pela bebida, esta que com a tensão pareceu ser filtrada dos estímulos que comandavam o corpo do homem-forca, pois este estava coordenando com maestria o sufocamento do filho.

Com a força e o peso do pai sobre seu pescoço e seu ombro, Mirto para trás despencou, caindo no chão do bar num truculento barulho, feito pedra no cimento. *Tum!* Germão a ele agarrado pelas mãos.

A cabeça chocou-se com o solo e os sentidos de leve suspenderam-se na escuridão que se desenhou em seus olhos fechados pelo torpor do sufoco. Não conseguia respirar com as mãos do inimigo lhe tapando pelo pescoço a passagem do ar, e sentia que não pensava, pois estas mesmas mãos também lhe impediam de ter sangue na cabeça. Sentiu que os olhos iriam estourar, estes que mesmo fechados arregalaram-se com as pupilas em pânico expresso.

O pai posicionou-se de joelhos confortavelmente sobre o corpo deitado do menino, que agora estava envolvido em desespero de luta, esperneando sob o peso do corpo paternal, que lhe segurava sobre o chão não só as carnes, mas também o espírito.

Lutou contra o pai como batalhava para fugir do casulo a borboleta. Contorceu-se sem nada conseguir. Nos ouvidos, a gritaria ainda constante substituiu-se pelo piar da surdez do sufoco: *piiiiii.* Morreria sem ar?

A resposta, por milagre divino, chegou de imediato: alguém, ou mais de uma pessoa, na iminência de morte do menino mais novo dentro do bar, teve pelo conflito piedade e arrancou com as próprias mãos o inimigo de cima de Mirto. Assim, Germão, ao sentir seu corpo agarrado flutuar, debatendo-se nos braços daqueles, ou daquele, que o contiveram, tratou de ficar em pé sem demora. Não titubeou para voltar a encarar o filho, mas, antes que sobre ele avançasse, foi contido pelas mãos das criaturas do submundo. Mirto, aos poucos, voltava a inflar os pulmões com qualidade, recuperando sua alma após a forca manual.

— Vão fazer confusão lá fora! — falou alto o dono do bar, aquele senhor que havia servido para o pai cachaça e para o filho água da torneira. — *Simbora*! Pra fora!

Pelo que Mirto entendeu, enquanto se animalizava ao chão contra o pai, o homem havia botado ordem no pandemônio histérico e os sujeitos lhe obedeceram, contendo a briga para que a voz dele fosse ouvida pelos gladiadores sem leões.

— Para fora! Os dois! — reiterou.

Mirto foi carregado para o exterior do purgatório, arrastado pela força alheia que pelo tronco o segurava sem se identificar. Ao lado dele, também foi pelos braços arrancado do estabelecimento Germão. A plateia, que assistia ansiosa ao conflito, brotou do rastro dos dois, seguindo-os para a calçada e, em velocidade assustadora, multiplicou-se a persegui-los.

O ar do lado de fora estava frio, e enquanto Mirto e Germão faltavam soltar fogo pelas ventas, pai e filho encararam-se uma outra vez.

8

Carta de amor

Desta vez, quem avançou foi Mirto.

O rapaz, tonto de ódio, buscou em coagulado rancor cardíaco, no quase parado órgão dentro do peito, o ruflar do desabafo. Cavou fundo a terra que lhe enterrava os sentimentos, ela que lhe sufocava tórax adentro, fazendo-o ter respiração cansada devido ao amargor sob o qual descansava seus traumas. No garimpo de si, encontrou, em vez de ouro, a gênese do tamanho desespero mental, e diante de seus olhos, que ainda enxergavam faíscas-relâmpago devido à forca de carne feita pelas garras do demônio que lhe denominavam pai, abriu-se um horizonte de lembranças, sobre o qual Mirto enxergou cada lapso de instante responsável pelo couro quente de sua mãe. Lembrou-se ali da *primeira surra* a que assistiu em casa, chorando ao calundu, rastejando atrás do conflito que pelo chão da sua casa se arrastava. Foi nessa vez que viu pela primeira vez o sangue, sentiu seu cheiro e cortejou seu reluzir brilhante, o qual, com o tempo, ofuscava-se num

O cozer das pedras, o roer dos ossos

tom de ferrugem, evaporado e impregnado feito tinta na superfície sobre a qual havia sido derramado.

Foi pouco o tempo da tal viagem em memórias, e seu desfecho culminou no filho caindo de punho fechado sobre o rosto tonto do pai bêbado. O soco, declamado como poesia, fez o homem mais velho debruçar-se no solo, caindo sentado. A plateia do submundo, que àquela situação assistia empolgada, regozijou-se em prantos de alegria — a essa altura, os semblantes de temor haviam sido substituídos pelo rosto fechado do sadismo satisfatório. A sensação era a de que, fora do bar, a liberdade brilhava, e, sob o iluminar desta, a selvageria era nada mais que espetáculo.

Mirto não deixou que o pai percebesse a situação a ponto de recobrar o respirar e a plena consciência: olhando para baixo, para o chão, onde se prostrava a besta embebedada que lhe havia enforcado o pescoço e lhe suprimido, ao longo da vida, a existência, o rapaz avançou concentrando na ponta de um chute o desejo de vingança. A bicuda pegou no bucho de Germão e, no mesmo instante, este sufocou. Da boca, cuspiu vômito e sangue, e Mirto mirou a figura decadente do homem à sua frente, perguntando-se se era aquele ser, dotado de tamanha pequenez, que lhe havia restringido a vida. A plateia, enfurecida pelo caos-felicidade que no ar pairava, comemorava a revanche do filho sobre o pai.

Os submundanos haviam feito em volta dos dois homens um círculo perfeito, e a ruela, que antes servia de concentrado de pandemônios-bares, agora parecia-se com uma arena na qual batalhavam dois cangaceiros rivais mergulhados em ódio.

Germão, no chão, não parecia estar perto de perder a consciência, ainda que com esta não estivesse por completo devido ao efeito da pinga. Num sopapo de acorda-homem, teve cabeça o suficiente para ver quando, da plateia de criaturas diabólicas, jogaram-lhe, arrastada pelo chão, uma peixeira enferrujada, de cabo de madeira mofada, remendada com fios de ferro e parafusos sem brilho. A lâmina fosca do objeto tilintou no solo três vezes antes de parar exatamente ao lado da mão do pai bebum. Em fração de tempo, a peixeira foi por ele agarrada, tornando-o criatura armada e perigosa, que na situação em que estava não titubearia para a vida de qualquer um arrancar, fosse este quem fosse, até mesmo seu filho.

Mirto, que se transmutou em figura de apreensão ao perceber que havia na mão desgovernada do pai uma faca de lâmina afiada e cabo envenenado pelo tempo, deu passos para trás e tentou ver, sem sucesso, quem das figuras presentes no purgatório era a responsável por dar ao seu combatente o objeto cortante. O conflito, que até aquele momento restringia-se à porradaria pré-histórica, transformou-se em potencial entretenimento sanguinário.

Germão, que viu nos passos para trás dados pelo rapaz o momento perfeito para contra-atacar, traçou o plano de levantar-se do chão. Golpeado, mas ainda repleto de força, ergueu-se do solo, e apontou o cristalino do olho para o filho assustado e indefeso. Ali, sem cerimônia, tomou para si a responsabilidade de retomar a honra paterna, e fez que ia para o jovem avançar, tendo a lâmina erguida sobre a cabeça, com a ponta direcionada para o rosto do filho.

O freio do avançar de Germão saltou-lhe os olhos: da plateia do coliseu ali criado pela histeria, surgiu um homem de pouca altura e barriga protuberante, de blusa vermelho-fogo e pele alaranjada, que arremessou arrastado pelo chão um facão do tamanho de um braço para Mirto. Era Francisco!

O ferro da arma tilintou ao chão num som fechado e fosco, pois o peso do cabo o poupou de quicar sobre o solo. A arma era visivelmente pesada e dava, em comprimento, duas ou três da peixeira que o pai erguia sobre a própria cabeça.

Mirto, que rapidamente viu quando Francisco brotou da roda e lhe arremessou o facão, agradeceu, surpreso, o amigo com quem havia dividido um copo horas antes. De prontidão, como se já esperasse da justiça divina um presente para sobre o pai armado avançar, o rapaz pegou o facão do chão e, com as duas mãos juntas sobre o cabo, apontou a lâmina de fio bruto para Germão, que para cima lhe vinha.

As duas gerações de homens, presos em seus passos, pararam em retaguarda, um de frente para o outro, e fitaram-se com coragem e desprezo, ameaçando-se ambos com os olhares repletos do vazio sem amor. Era como se para um o outro dissesse em provocação: *Avança! Avança! Avança se tu é homem!*

O público do pão e circo ali existente em elevadas tensão e agonia estarreceu-se e, como se fosse composto de bestas, zarpou o ar com o suspiro do silêncio, e tudo se calou.

A iluminação artificial da ruela, amarelada pelo incandescer das lâmpadas sobre as cabeças penduradas, era fraca, mas boa o suficiente para fazer sombra sem esconder do olhar de ninguém as feições assustadoras do pai e do filho, que com a morte brincavam e com as bolas da vingança faziam malabarismo.

Mirto, com a pupila fixa no rosto do pai, quebrou o silêncio, cortando a tensão com o desafiar revolto que dali lhe levaria à morte ou à sentença:

— *Onde vai, valente?...* — disse ele, pausadamente, a raiva estampada pelo som que de sua garganta brotava.

"*... Você secou, seus olhos insones secaram. Não veem brotar a relva que cresce livre e verde, longe da tua cegueira...*"

O menino avançou devagar sobre o pai que, inerte, segurando a impotente peixeira que lhe deram, recuava lentamente para trás.

"*... Seus ouvidos se fecharam a qualquer música, qualquer som. Nem o bem, nem o mal, pensam em ti, ninguém te escolhe...*"

Pouco a pouco, a segurança arquitetou no peito do filho a planta de uma casa, e não muito tempo levou para ali fazer morada. Mirto caminhava com passos cada vez mais largos, segurando à frente o facão para o pai apontado. Continuou a dizer, como em oração, sem muito pensar, aquilo que havia muito tempo lhe fizera de roteiro o inconsciente:

"*...Você pisa na terra, mas não a sente, apenas pisa. Apenas vaga sobre o planeta...*".

"*... você está tão mirrado que nem o diabo te ambiciona. Não tem alma! Você é o oco, do oco, do oco, do sem-fim do mundo!...*"

E então, num desejo de pôr fim a tudo o que início teve, carregou os passos, avançando com intumescida velocidade sobre o lobisomem-pai à sua frente. A ponta do facão entrou violentamente na boca da barriga de Germão, cuja face já parecia lidar conformada com a morte diante dele erguida. O pai largou no chão a peixeira, que caiu sem fazer muito barulho, mas com o tilintar alto o suficiente para ser o único verbete que interrompia o inebriante e assustado silêncio.

Mirto, enfurecido, fitando o pai face a face, de perto, concentrou nos braços a força e, lenta e cruelmente, girou o facão, recitando com lágrimas vermelhas nos olhos a última parte de sua reza-despedida:

"... *Eu posso engolir você, só pra cuspir depois*".[3]

Que o capeta de ti faça proveito, infeliz.

E, com a arma ainda engolida pelo bucho do pai, o rapaz deu no mais velho um empurrão no peito, com uma das mãos repletas de líquido vermelho. O homem despencou para trás.

Germão contorceu-se no sofrimento de quem com a morte finalmente se encontrava, e afogou-se no próprio golfo ensanguentado, que lhe subiu o esôfago e lhe sufocou a traqueia, matando-o com pressa.

---

3   O texto aqui inserido pertence aos versos de "Carta de Amor", canção de Maria Bethânia, lançada em 2012 no álbum *Oásis de Bethânia*. A música foi indicada ao Grammy Latino, na categoria "Melhor Canção Brasileira".

PARTE III: A BRISA E A LIBERDADE

1

Abriram-se
do inferno as portas

Naquela noite, Dona Hermina não pregou juntas as pestanas. Distanciou-se da possibilidade do cochilo e, nessa trilha de fuga de si, na ansiedade pela chegada do filho e do marido, perdeu-se em desatinado pranto. A voz do choro ecoava dentro de sua casa, num trovejar lento da garganta, que fazia seus órgãos temerem, como crianças mais novas temem a tempestade. Tratou-se, durante as horas em que o luar repousou sobre sua casa, sem qualquer afeto, sem qualquer cuidado, enquanto a desenfreada preocupação lhe fazia a cabeça de morada. Abraçou-se com os próprios braços sobre os seios, e ruminou sobre uma cadeira feia e velha de espaguete, que havia muito tempo recebera de uma vizinha. Estava parada, sentada e encolhida, como monumento em pedra esculpido, no canto interno de sua cozinha, olhando fixamente para a parede, ouvindo em sonhos acordados o momento em que a porta de sua casa se abriria, e por ela brotariam os dois homens a quem ela dedicava a vida que para quase nada servia.

Não sentiu sede sequer.

A casa de Dona Hermina estava mais limpa do que nos últimos dias, porque a ansiedade das primeiras horas após a partida do filho a fizera passar por cada pedaço de móvel, estes que nada numerosos eram, com um pano úmido nas mãos, puxando para o solo a poeira e desfazendo no esforço, com certo sucesso, o desespero. O *chaqui-chaqui* da vassoura, tão familiar aos ouvidos, que levantava a já velha conhecida poeira, repetiu-se pelo silêncio da noite por alguns minutos, que mais pareceram dias, enquanto a pouca sujeira doméstica acabava por entreter a impaciência conflituosa daquela mulher. A limpeza, como tudo na vida, acabou, porque não havia mais nada a ser limpo além de sua própria alma, e assim ela, com o espírito fétido devido ao esgoto do medo que lhe fez morada no peito, sentou-se na cadeira em que estava agora. Ali, com a testa suada, estagnou-se em posição fetal, abraçada a si mesma, remoendo o pânico que a fizera sentir-se mais sozinha que gado rumando para o abate.

Quando, pelas frestas do telhado erguido sobre ripas de pau, surgiram os primeiros resquícios de luz diurna, solar, Dona Hermina pareceu recobrar-se do chamar da vida: despertou do transe, que nem de longe era sono, e posicionou-se sobre a cadeira com maior conforto. Viu o clarear da casa com admiração, pois para ela a luz solar parecia um presságio da bondade divina, já que, certamente, aquela manifestação da natureza cotidiana era Cristo aparecendo céu abaixo para acalmar o coração em desespero de sua fiel filha, dizendo-lhe: *calma, mulher, teus homens, marido e filho, estão a caminho... Veja, eles vão bater em sua porta agora...*

A mulher solitária fitou a porta de sua casa como se de fato houvesse dali ouvido um *toc-toc* da esperança. Os olhos esbugalhados de tensão.

Toc-toc. Toc-toc.

— Hermina! Sou eu, Zézão. Abra aqui, que tem recado.

O coração da pobre coitada saltou entranhas acima.

Acreditava ela que *recado* a essa hora do dia era um mau sinal — mas sobre isso despejou seus sentimentos de negação, para que jamais lhe fosse assumido cabeça adentro qualquer suspeita de que algo de ruim havia aos seus homens acontecido. Sem demora alguma, e também sem qualquer espaço de tempo útil para digestão das sensações que lhe foram despertadas pelo clamor alheio ao lado de fora de casa a essa hora da manhã, Dona Hermina levantou-se da cadeira a passos lerdos, e puxou o trinco da porta de madeira envelhecida, e até por cupins teimosos digerida, e esta abriu-se como na missa era descrita a abertura da entrada da casa do diabo.

Daquela hora em diante, Dona Hermina viu-se frente a frente com desgraça, com a face do bicho ruim, desenhada diante dela pelas palavras de Zézão: o marido estava morto a facadas, o corpo na cidade. Quem lhe tinha matado era o filho, este que estava sabe Deus lá onde...

2

Sem aviso-prévio

Desabou, assim, sobre a vista de Dona Hermina, a indefinida e abstrata desgraça.

Ali, sob o batente envelhecido e desgastado de sua casa, Dona Hermina sentiu escorrer sobre o corpo um frio suor oleoso, gorduroso, engrossado pelo desmedido infortúnio que lhe foi dito. Zézão, que despejou a desgraça pela voz, de chapéu no peito, veio lhe dar maldita notícia que soou no interior da cabeça da mãe-viúva como gritarias da anunciação apocalíptica: destruição.

Num empurrão dado no meio dos peitos pela brisa do vento frio da manhã, para trás despencou Dona Hermina, incapaz de controlar qualquer ponta de pele sobre ela por Deus desenhada. Quem a socorreu foi Zézão, seu amigo desde criança, que estava ali como mensageiro da morte, e que, ao vê-la despejar para trás o corpo em desmaio, teve consigo seus reflexos. Largou no solo com emergência o chapéu que trazia na altura dos pulmões, e, abraçando Dona Hermina, livrou-a de uma queda. Segurou-a no colo, suspendendo-a com os braços, levando-a para dentro de casa a passos lentos, mantendo uma respiração cadente, como se entendesse que a ele fora dada a missão de fornecer ar ao momento sufocante. Procurou dentro de casa algo capaz de receber por inteiro e com conforto a mulher desmaiada. E pela misericórdia divina, virtude esta que se encontrava de Zézão sempre tão afastada, o homem viu num cômodo a cama de madeira velha. O colchão, com a capa repleta de pequenos buracos, era tão pelo tempo corroído que quem o visse com os olhos de Zézão poderia julgá-lo como antigo artefato de guerra, estraçalhado por balas. Ao fazer enfim a mulher descansar deitada sobre o almofadado, não muito duro nem muito confortável, Zézão respirou fundo.

Passou-se um tempo. Duas horas ou mais.

O homem não deixou a cabeceira da cama de sua amiga até que ela ali acordasse, tampouco fez qualquer alarde sobre o desmaio da desamparada. A essa altura, todos da região já sabiam da desgraça que assolara, no tardar da noite anterior, a família de Dona Hermina, mas, graças ao senso de comunidade e respeito — este que superava a curiosidade gerada no povo de língua comprida —, ninguém foi à casa da família perturbar a mulher já sem juízo. Felizmente, Dona Hermina era uma mulher muitíssimo respeitada e querida por todos os moradores da região, morassem eles do lado de sua casa, morassem eles longe dela. Dessa maneira, em vez de transformarem em um evento trágico o acontecimento — que poderia facilmente ser artigo de conversa de porta de casa —, os habitantes do lugar resolveram esperar para, juntos, doarem o luto à mulher.

Dona Hermina despertou do torpor. Estonteada pelo inconsciente que lhe tomou o corpo durante o sono do desmaio, misturado com o cansaço da perturbação insone desencadeada pelo decair da desgraça, lembrando-se de cada frase que lhe fora dita e que também lhe fora responsável pelo perder da cabeça.

Estava sem filho e sem marido, e por um momento constatou que lhe havia tudo sido arrancado pelo embaraçoso destino, sem qualquer aviso-prévio ou explicação.

3

O verde amortece o espírito que despenca

Alguns vizinhos apontaram horas mais tarde na porta de Dona Hermina com o corpo de Germão enrolado em uma rede, a qual estava enganchada numa ripa de madeira arrancada do mato, ainda verde.

O rosto do homem jazia inchado e manchado de sangue seco, golfo e suor. Um boneco malfeito de quem um dia fora o marido da mulher atordoada. No pé da barriga, da lâmina que lhe tirou a vida, sobrou o buraco.

Mais cedo, quando a notícia havia chegado ao povoado, organizaram-se os habitantes para acolher a mãe desamparada. Os homens rumaram pela estrada e foram buscar o corpo de Germão, bêbado maldito, com a intenção de trazer o morto para ser comido pelas terras capinadas do cemitério perto de casa. As mulheres, se mães, ocuparam-se em passar para seus filhos as funções domésticas, pois elas iriam à casa da viúva fazer chá e café para o velório do desgraçado pai assassinado pelo primogênito. Quando o funeral de fato virasse cerimônia, lá pela tarde, todos compareceriam à casa de Dona Hermina, dos mais jovens espíritos em carne andantes ao mais idoso corpo enrugado pelo destino.

De homens como Germão, que não valiam muito, o povoado estava cheio. Poucos eram os que de valor estavam cercados. Em sua maioria, os homens que sob aqueles tetos dormiam, já haviam cometido algo que o governo crime considerava, fosse por malgrado caráter, fosse por necessidade. Porém, nunca antes havia acontecido no lugar um *parricídio*. Às costas da viúva, comentavam todos, certamente, sem deixar que de suas janelas escapasse, a história do rapaz que deixou a paz de sua casa para assassinar o próprio pai e depois sumiu no mundo.

A população, apesar do carinho e do cuidado usados para acolher a tristeza que arrombou as portas da casa do parricida fugitivo, temia que em algum momento o rapaz manco aparecesse estrada acima e apontasse com a cabeça desajuizada na entrada de casa. Temiam que a figura estivesse ainda possessa pelo ódio com o qual deixara, violentamente, escavado no bucho do progenitor canalha tamanha cova ensanguentada. O que fariam se isso acontecesse, não sabiam.

Se o feito do rapaz era ou não justo, tal julgamento ninguém ousava fazer. Espantavam-se, achavam um absurdo, bestializavam-se com a situação calorosa do conflito e também com o desenrolar dele, mas apontar o dedo para o ocorrido admitindo ser justo ou injusto, benevolente ou não, isso ninguém fazia.

De um jeito ou de outro, como sempre acontece quando a morte abraça sem soltar qualquer alma, boa ou má, a trajetória dos que por ela ainda não foram fisgados com

O cozer das pedras, o roer dos ossos

firmeza continua. Por ter esta máxima bem estabelecida na consciência, toda a vizinhança de Dona Hermina preparou-se para o velório de Germão, cujo corpo chegara pela manhã à própria casa, trazido em rede fechada.

Quando o sol do dia brilhou alto, apontando o meio-dia, ou quase isso, mulheres, homens e crianças reuniam-se na sala da casa de Dona Hermina, com o defunto coberto por um lençol branco, dado por Xeila, ela que, por ser puta, esbanjava no armário de casa panos e capas de cama — ainda que sobre eles não dormisse durante a noite, já que, enquanto todos dormiam, ela trabalhava.

Quem ousou embelezar o funeral com a natureza, deixou no solo ramos de planta. Embaixo da rede, ali no chão, havia folha de muita coisa — de laranja a boldo, de hortelã a marmeleiro —, fazendo uma cama verde abaixo do corpo suspenso. Segundo a tradição, o verde amorteceria o espírito do bêbado, caso dali ele despencasse para passar do mundo dos vivos ao etéreo plano dos mortos.

Era um costume que se apresentassem com esmero para a despedida do defunto: cabelos penteados, roupas lavadas, pés limpos e unhas aparadas. As crianças, porém, com a aparência maltrapilha abandonada.

O cheiro da casa era de planta verde e defunto. Um ocre de sangue pairava no ar com um peso leve, sem estar acima do cheiro amargo e convidativo do café quente, recém-feito pelas mulheres compadecidas pela tragédia. Para quem quisesse, havia também chá, este sempre muito doce, pois não poupavam esforços para encher de açúcar a jarra que das folhas extrairia sabor e cura.

Dona Hermina, que contava com tanta companhia em sua casa sem ter precisado clamar por qualquer pessoa, sentia-se grata. Estava de olhos baixos, ainda deitada em sua cama, entorpecida pela desgraça. Ao seu lado, enxergou Xeila, Zézão e mais duas vizinhas, das quais os rostos não conseguiu reconhecer. Estava dopada até às vistas pelo incômodo e pelo incessante vazio no peito que agora era moradia para a solidão.

Para que ela saísse de tal situação, foi necessário que chegasse ao pé da cama a Dona Luíza, trazendo-lhe notícias sobre o coveiro e o padre. Disse-lhe que os dois haviam chegado para devolver o corpo do marido ao pó.

Dona Hermina ouviu no tom de voz da amiga que fez a anunciação o companheirismo da solidariedade. Era como se, pelos olhos, Dona Luíza pedisse calma.

4

De chapéu sobre
a cabeça se fez a terra

Dona Hermina cumprimentou, deitada, o padre e o coveiro, que dentro de seu quarto, após o aviso de Dona Luíza, entraram, e ao lado de sua cama puseram-se de pé, prestando-lhe as condolências costumeiras para todas as mulheres viúvas e mães de corações despedaçados. Abençoaram-na em nome de Deus e, juntos, as duas figuras que à presença da morte nunca fugiam, providenciaram o enterro do homem que estava na sala pendurado sem os pulmões inflar.

A mulher permaneceu ali na cama, estarrecida, mas um tanto mais calma, especialmente porque em seu esôfago descera um tanto de chá trazido ao quarto numa caneca por Xeila, que muito havia doado de si para tornar menos doído o velório.

Dona Hermina recusou-se, não por negação, mas por insuportável dor, a assistir à cerimônia do adeus e a acompanhar o defunto até o cemitério, onde a cova de sete palmos já havia sido cavada pelos homens vizinhos, e esperava para fazer descansar Germão.

Decidiram que o velório não duraria muito tempo, pois o calor da caatinga subia pelas paredes da casa lotada de gente e o cheiro de morte do defunto começara a se espalhar pelos narizes penosos dos que não haviam já para casa partido. Fizeram sinal com a cabeça para o padre, pedindo, sem nada falarem, que este velasse, o quanto antes, o corpo.

E assim ele fez, recitando alguns salmos e erguendo a mão na direção da rede pendurada. Rezou ali sem critério cinco Pai-Nossos e também três Ave-Marias, e no fim desenhou no ar, com a ponta da mão estendida para o morto, uma cruz, de cima para baixo, de um lado para o outro. Fechou a bíblia preta que trazia em mãos e pôs-se a se despedir dos velantes fúnebres. Recolheu a bata de padre para cima dos tornozelos quando começou a andar para fora da casa e do funeral, para que o tecido não arrastasse a barra na terra seca do lugar, e caminhou sozinho para longe dali, para a paróquia onde, aos fundos, habitava, esperando que a morte lhe viesse fazer convite para pôr em prática a obra cristã.

Após a saída do padre, o coveiro seguiu afora, e, em poucos minutos, voltou batente adentro com um caixão sem tampa. Com cuidado, carregando o baú de madeira sobre os ombros, o pegou pelos lados e o pôs no chão, ao lado do montinho verde de ramalhetes a essa altura já murchos sob o defunto. Os homens presentes na cerimônia aproximaram-se do coveiro e do caixão e, com um talvez excesso de cautela, desarmaram a rede de seus tornos, e fizeram o corpo, por ela envolvido e pelo lençol branco coberto, repousar no caixote de madeira.

O cozer das pedras, o roer dos ossos

Do lado de fora, o cachorro do coveiro, Caramelo, magricela e sujo, alegrava-se, com um rápido respirar de boca aberta, com a morte por ele percebida. Para enterrar um corpo no quintal de seu dono, era necessário que pagassem a este um valor simbólico, geralmente combinado entre o coveiro e o familiar do morto. Geralmente, o valor era exatamente o suficiente para alimentar o cão e o dono por um ou dois dias — eles que geralmente passavam fome sob o teto da cabana cemiterial em que moravam, dormindo e acordando acima da terra que cobria os mortos da região. Dessa maneira, sempre que o cão via qualquer movimento que lhe parecesse velório, perambulava peralta de felicidade, pois aquilo lhe era sinal de comida.

Saíram pela porta os vizinhos, atrás do corpo no caixão, carregado sem ser tampado, dando vista do morto para quem visse a cena, de modo que os curiosos viam Germão, coberto pelo lençol, mas com a face exposta, ainda suja de golfo e sangue seco.

O cemitério ficava longe da casa, e depois de decidirem em conjunto quais seriam os homens que segurariam o caixão nas mãos até chegarem ao território do coveiro, iniciaram uma procissão arrastada, fúnebre, esquentada pelo pingo do calor da tarde seca. Os vizinhos pisavam na terra em fila desorganizada, atrás do morto encaixotado que guiava a procissão, carregado em outras mãos. Esta terra seria, para a cabeça de Germão, derradeiro chapéu, e para o corpo, a última roupa.

Já no cemitério, a despedida foi como de costume. Depois de um último Pai-Nosso, feito já sem padre, o passo

a passo foi acompanhado: tiraram o homem do caixote —
que servia repetidamente de última morada para qualquer
defunto da região —, puseram-no dentro da cova, sete
palmos abaixo dos pés dos vivos, e sobre ele derramaram
o pó seco do chão do cemitério, primeiro com as mãos e
por último com pás.

5

Três tempos de buriti

Dona Hermina levou três tempos de buriti para conseguir levantar da cama sem estar tonta pela desgraça. Durou-se ali sobre o colchão mofado por muito tempo, repousando em sofrimento, como tendem a ficar os que pelos dedos frios da morte são tocados. Amargou por noites a fio o choro de mãe desamparada. A ausência dos homens que pelas decisões de seu insalubre destino lhe haviam abandonado fez roça desplantada em seu peito: dali não nasceria nada, nem broto simples, nem planta selvagem.

O buraco em seu peito esbagaçado pelo desandar da carruagem da vida causara-lhe tamanho sofrimento, que quando finalmente decidiu levantar-se da cama para, quem sabe, conversar com Xeila, esta que passou a fazer-lhe vez ou outra companhia desde que partiram marido e filho — exceto à noite, sabe-se lá por quê —, pôs-se a chorar desenfreadamente.

O marejar dos olhos só cessou quando lhe murchou a fonte das águas, pois com os dias passando e a data da tragédia arrastada ao passado, foi possível contar duas ou três vezes em que Dona Hermina chorava e mal se lembrava do motivo — mas essa sensação se encerrava tão logo lhe vinha à mente a imagem do marido morto com o bucho esfaqueado.

A morte do marido mexeu com todas as vísceras da mulher, de dentro para fora e de fora para dentro também, causando em seu respirar paradoxal cataclismo, sob o qual vez ou outra ela sufocava, em um estranho — e doce — pânico, vorazmente embebido pela... liberdade. *Liberdade!*

Ora pois, o tempo também trouxera para Dona Hermina a evidência dos fatos: com o luto querendo dizer adeus, a mulher pôde perceber que a morte do marido significou para ela o fim da tortura diária à qual submetera-se por toda a vida, desde o dia em que cedeu aos gritos de seu pai, que lhe dava ordens para casar-se com Germão.

Nunca entendeu os motivos de ter sido obrigada a fechar matrimônio com um pra-nada como aquele. À época, ele trabalhava arando terra dos outros com enxada, e quase nenhum dinheiro nos bolsos tinha. Decerto, o pai acredita-va-lhe benevolência: nunca se soubera de qualquer história polêmica na região envolvendo o Germão, a não ser que, de vez em quando, a cada quinze dias quem sabe, metia-se ele na cidade, porta de bar adentro, com a finalidade de encher a cara de cachaça e torrar todo o dinheiro conseguido com o suor sobre a terra derramado. Ainda assim, julgavam-lhe na região um bom homem, e por muito tempo continuaram a assim considerá-lo, de modo que a primeira pessoa a dar de cara com os demônios que habitavam aquele cruel caráter

O cozer das pedras, o roer dos ossos

moldado pelo destino miserável fora a esposa, antes mesmo de ela emprenhar-se.

Aos primeiros anos do casamento, Dona Hermina — que ainda era à época Hermininha, magra, jeitosa e bonita; doce, gentil e lacônica; com qualidades que quaisquer homens admiravam, começou a tomar as primeiras bofetadas de Germão. Quando o pai de Hemininha dera a ela a ordem do casamento, Dona Raimunda, sua mãe, já havia com a morte se encontrado, de modo que apenas restava à menina o mandado do pai: era isso ou viver a vida de puta fora de casa. Resolveu não passar noites em claro, por motivos óbvios relacionados a conforto.

Com o tempo as bofetadas aumentaram, e Hermininha, que com a gravidez tornara-se Dona Hermina, envolveu-se mais e mais na domesticidade pacífica da submissão forçada. Não tinha energias para levantar sobre o marido um dedo sequer, e, além disso, se algo de pior com ela acontecesse, quem iria do recém-nascido cuidar? O menino já não tinha avó, já não tinha avô, nem de um lado, nem de outro, e ao socorro do bebê restou apenas o leite do peito da mãe. Por isso, Dona Hermina passou a ceder espaço em si para um personagem que calado tolerava as violências. O marido continuava a trabalhar, e sobre isso ela não sabia muito a respeito, mas acreditava que ainda fosse na terra. Fosse como fosse, o que ele ganhava a ajudava a sustentar-se de pé e a fornecer, ao primogênito, comida para encher o bucho e amor para encher o peito.

Acostumou-se tanto que passou a ver-se surrada diariamente, e aos poucos entendeu que aquele aprisionamento, frio e desumano, era-lhe a sina guardada pela vida. Cristã, acreditava que Deus dava a tudo um motivo, e as bofetadas que recebia certamente de algo lhe serviriam.

No fim das contas, agora viu, quando finalmente viúva sobre essa crença refletiu, para nada lhe foram úteis as noites de tortura, e de seu maldito casamento herdou apenas um bom filho parricida e o medo de a vida viver. Os incontáveis traumas causados a Dona Hermina pela violência do marido defunto transformaram-na em fossa medonha de ausência de sentimentos, um profundo poço de medo, cujo semblante clamava por ajuda e por alguém que a acudisse, puxando-a de volta à dignidade.

Mas, como o romper do dia depois de uma noite perturbada, com o passar dos anos a mulher recobrou o juízo e, na andança bruta do tempo pouco misericordioso, percebeu-se liberta. Sozinha, machucada feito alho no pilão pelas dobras incertas da linha da vida, abandonada pelo filho criminoso, que para a vizinhança virou lenda, a mulher, que tinha no rosto os primeiros sinais da terceira idade despontando-lhe aos cantos dos olhos, entendeu que a morte do infeliz marido fora para ela um convite à fuga da desgraça.

6

O parricida

Genilda, que com o crime havia anos cometido também deixou-se abalar, e que no dia do ocorrido nem saiu da cama para o velório do pai de seu amigo visitar, sentia-se culpada por nunca ter feito qualquer movimentação para que com a dor de Dona Hermina compartilhasse afeto. Pelo contrário, deixou-se perder em arrastar de correntes de medo e pesos na consciência durante todo este tempo, em que só via de longe a mãe do amigo parricida, sem ter coragem o suficiente para dela se aproximar.

A falta de coragem também habitou o corpo de Genilda em dois momentos diferentes: o primeiro, quando chegou na cidade o corpo defunto do pai de Mirto, Germão. A menina, ao tomar conhecimento de que seu melhor amigo havia posto nos braços a força para arrancar de alguém a vida — e não a de um mero alguém, mas a do próprio pai! — afogou-se em mares de questionamentos, e, naquele tempo, nada em sua cabeça parecia justificar o ato do rapaz. Barbarizou-se com a história e não ousou ir ao velório prestar qualquer condolência, não por maldade, mas porque sentia tamanho incômodo ao pensar na cena de Mirto enfiando bucho adentro no seu pai um facão, que se travou enraizada dentro de casa...

O segundo momento da falta de coragem era o agora.

Dona Hermina desapareceu em presença no lugar onde morava, de modo que quem a quisesse ver, para visitar ou para apenas cumprimentar, havia de ir à sua casa, porque de lá ela dificilmente saía. Genilda nunca teve a pretensão de cruzar o batente da porta da casa de Dona Hermina para com ela compartilhar o luto e a solidão, não se sentia preparada para isso. Tinha medo de que a mulher lhe lançasse qualquer olhar de rancor porque a garota não lhe visitara no momento de maior dor, em que todos os vizinhos insistiram seriamente em fazer-lhe companhia.

Quem muito se via entrar e sair da casa de Dona Hermina era Zézão, ele que, num trato firme de amizade sincera, prestou-se ao serviço de cuidar do deprimente estado da amiga desolada pela ausência da família, que, como guerra iniciada de repente, simplesmente extinguiu-se. Genilda observava aquele movimento do homem com certa curiosidade, e sabia que se em determinado horário de um sábado qualquer, provavelmente por volta das duas da tarde às oito da noite, visitasse a casa de Dona Hermina, encontraria sentado ao lado da mulher em cadeira de espaguete ninguém mais ninguém menos que Zézão. Não ousavam levantar sobre a dupla qualquer suspeita de romance, pois sempre foram pelo lugar lidos como irmãos — como eram também vistos Mirto e a própria Genilda.

O cozer das pedras, o roer dos ossos

Vendo o andar daquela amizade que persistiu ao corroer da desgraça, a menina perguntou-se certa noite, enquanto deitava sobre o travesseiro a cabeça, se caso Mirto reaparecesse, resistiria ao tempo, e às amarguras causadas pela vida, o companheirismo dos dois.

Dona Hermina, em casa sempre acompanhada pelo fiel Zézão, acostumou-se com a dor no vazio peito que durou todos estes anos. Não passou a se sentir confortável com a ausência, certamente, mas aprendeu a saborear algumas esperanças antes adormecidas e a sentir nas papilas linguais o doce sabor da liberdade.

Desde que o marido foi posto a ser roído pelos vermes da terra, a mulher nunca mais expôs-se a bofetadas. Já não se lembrava de dormir sem estar com um ardor deixado nas costas por lapada de cinta, tapa de mão aberta ou soco de punho fechado. Com o tempo, começou a aproveitar o frescor de uma noite de sono passada sem dores físicas, e não mais sangrava por violência alheia.

Certa vez, já um tempo longo depois da morte do marido, recebeu em casa a visita de Dona Helena, a idosa mais religiosa que conhecia em vida.

Quando chegou em casa e pelo nome da viúva chamou, a mulher bateu as mãos em palmas quatro vezes. Dona Hermina achou bonita a cena da fanática cristã cruzando a porta de sua casa quando isso lhe fora autorizado: estava com os dois pulsos envoltos em terços amadeirados, ao menos cinco em cada lado, e vestia um folgado e longo vestido florido, de tecido leve e mangas curtas. A idosinha era já corcunda, e muitas histórias já havia presenciado

115

com os próprios olhos. Estava ali com a doce intenção de prestar o amor de Cristo à mãe em luto eterno, disse, e por isso foi muito bem recebida pela dona da casa, que lhe ofereceu de boa vontade chá, café e água, sendo todas as benevolências pela religiosa recusadas.

Ali, antes de despedir-se e para sua casa se retirar, a senhora benzeu toda a moradia, orou com a bíblia aberta pela saúde de Dona Hermina e rogou a Deus que perdoasse a alma do parricida desaparecido. Quando sobre isso falou, causou na hospedeira da bênção tremendo incômodo, pois esta nunca havia pensado em Mirto como criminoso que precisasse pela misericórdia de Deus clamar. Dona Hermina entendia que o ato do filho lhe devolvera o desejo de existência, o fogo que dava à vida propósito diferente daquele sofrimento. Foi por isso que sempre perdoou o parricida, com todo o coração, não só por ser dele a mãe, mas por ter sido pelo crime dele salva.

Dona Helena, depois de orar pelas almas da família, despediu-se e voltou a deixar sozinha a viúva.

Durante todo o tempo que estava passando, prendiam-se ao espírito em custosa liberdade da viúva alguns derradeiros pedaços de esperança:

Não ouviu, desde o dia da tragédia, qualquer história que sobre Mirto falasse. Dona Hermina foi, de fato, deixada ao soprar dos ventos da sorte ou do azar, sem sobre nada saber a respeito do paradeiro do filho, e confessava para si todos os dias que esta era a parte que mais lhe arrancava do peito a vontade de viver. Perguntava-se os motivos de o filho ter ido embora sem nada falar, sem dizer para onde ia.

O cozer das pedras, o roer dos ossos

Não se perguntava os motivos de o seu menino ter matado o homem que ela chamava de marido, pois estes eram óbvios para ela, e como a partida do amor de sua vida deu-lhe a liberdade, julgava ela o filho um herói. Dessa maneira, no órgão-coração materno ali sozinho abandonado, num bate-bate que como um relógio o tempo acompanhava, a ausência do filho destroçou a dentadas o desejo de viver, como bicho esfomeado ao avançar sobre carne fresca. Entretanto, no vazio em que se transformou o mundo da mulher sem seu filho amado, não deixou jamais de habitar o soprar da crença seguinte: *um dia o menino voltaria.*

Mas foi quando teve, com Zézão, um devaneio sobre o retorno do parricida, que lhe veio uma ideia suntuosamente abstrata: *o que faria se Mirto nunca mais lhe aparecesse à frente?* Como agradeceria ao seu filho-herói pela devolução do doloroso prazer da vida, ainda que lhe fosse este entregue sem a presença do amor de um homem?

Oxente, grunhiu, baixinho, para si mesma, *será que o menino não volta mais para me ver?...*

Dona Hermina havia de admitir que aquela era uma possibilidade, afinal, para o bem ou para o mal, o filho havia cometido um crime, e a intuição de mãe acolhia no fundo da cabeça a compreensão de que talvez, só talvez, Mirto havia sido inteligente ao desaparecer de tudo e todos, depois de matar seu pai. Quem sabe, tivesse decidido por continuar por perto, estivesse a esta hora trancafiado atrás de grades enferrujadas da delegacia mais próxima — esta situação, na verdade, tinha ali uma chance minúscula de acontecer, pois não havia na região o alcance efetivo das forças do governo que serviam para proteger a população, e por isso eram todos, mulheres e homens, dependentes da boa vontade uns dos outros, tanto ali quanto na cidade onde o crime havia ocorrido. De qualquer forma, Dona Hermina tinha no reluzir da luz interna que na alma lhe habitava, uma paz importante acerca do paradeiro do filho.

E se não voltasse, ou se, quando voltasse, a mulher não mais sobre a terra habitasse?

— Deixa uma carta, Hermina — foi a resposta de Zézão quando a mulher perguntou-lhe o que faria para se comunicar com o filho antes que a morte lhe abraçasse. — Tu deixa ela aí, que se um dia Mirto chegar e tu tiver morrido, alguém entrega em teu nome, e ele pede para lerem lá na cidade.

Dona Hermina achou a ideia uma solução de exímia qualidade. Parecia uma alternativa sóbria para servir de conclusão ao problema de a mulher não conseguir mais em vida falar com o filho. Só havia, certamente, um empecilho:

— Num sei escrever, não, Zé. — A frustração estava sonoramente estampada no tom da voz da mulher, que pensava agora em que providência tomar, pois lhe brotavam ideias ainda simples, embrionárias, quanto a uma solução para a medonha possibilidade do não reencontro.

— Oxe, e custa tu pedir pra alguém escrever? — indagou Zézão como se lhe fosse óbvia a decisão a ser tomada. Dos olhos do homem faiscou um humor simples, de modo a dizer pelo semblante: *"resolvi tua questão!"*.

— E vou pedir a quem, Zé? Tu conhece alguém que escreve? — perguntou a mulher, oscilando o tom de voz. — Eu num conheço ninguém que escreve!

O cozer das pedras, o roer dos ossos

— Na cidade tem gente que escreve, Hermina, é só pedir pra alguém, uma professora ou alguém que trabalha na prefeitura...

— Num sei, Zé. Quem confia em gente de cidade? Primeiro que eu não sei de ninguém de lá... E se a pessoa que eu pedir pra escrever a carta não escrever o que eu estiver pedindo pra ela escrever? — A desconfiança pendulou para cima e para baixo no olhar de Dona Hermina, que fitou Zézão sentado na cadeira de espaguete à sua frente, estarrecido por este outro problema que fora levantado pela mulher. Mais uma vez na briga para soluções, o homem disse:

— É só tu pedir pra outra pessoa letrada ler o que foi escrito. — Começou aí a gesticular com as mãos, como se para explicar o movimento complexo no qual pensara. — Assim: tu pede pra um letrado escrever o que tu quer dizer a Mirto, aí tu pega o papel e tu mostra depois pra outra pessoa de estudo, que é melhor nem ser um conhecido de quem escrever no papel. Se tu ouvir da boca da pessoa que ler aquilo que tu pediu que fosse escrito, problema resolvido!

A solução pareceu aos ouvidos de Dona Hermina uma brilhante conclusão. Deixou que alguns instantes se passassem em silêncio, mastigando no juízo a ideia do amigo. Pensou em todo o desenho da história que já estava armada em sua cabeça, em cada canto do plano para comunicar-se com o filho sumido — viva ou morta — através de texto escrito, e quase concordou em fazer o que Zézão havia sugerido, até que, antes disso, um estalo da persistente desconfiança lhe brilhou na ponta traseira da cabeça.

— E se a pessoa que ler pra mim mentir? — perguntou, de novo, sabendo dessa possibilidade. Continuou: — Besta é quem confia em gente da cidade, Zé. — Agora era ela quem fazia com as mãos alguns gestos simples. — Num teve uma alma que em gente da cidade confiou que pôde morrer com saúde. O bicho ruim é quem se deita nas costas daquele povo! Confio, não! Num vou dar nas mãos de gente desconhecida da cidade as minhas palavras pra Mirto!

Zézão teve de concordar. Ali, após tão certeira justificativa da amiga, encerrou-se a sua tentativa de solucionar a questão por esta via, e ele então, numa condolente atitude, pôs-se a mastigar com os miolos da cabeça uma outra resposta.

— Pois — começou ele — tu vai ter que aprender a escrever! — disse isso quase rindo, sabendo que à amiga faltava a disposição para tal função, mas sem desacreditar da potência de realização da escrita nas mãos da mãe pelo próprio filho abandonada. Em seu olhar de homem gentil, via-se a crença, o vigor de quem a incentivava a tomar para si esta providência, que lhe parecia a única capaz de fazer a mãe dizer ao filho o que queria.

Dona Hermina pensou naquilo por instantes extensos, e não questionou a colocação do amigo. Zé estava certo quanto ao rumo que sugeriu: se ela aprendesse a escrever, com certeza diria a Mirto o que ela queria que ele ouvisse. Assim, num banho de esperança iluminada, que havia tempos não sentia lhe arder o espinhaço, a mulher perguntou, reflexiva e determinada:

— Zé, o que é que eu tenho que fazer para aprender a escrever?

7

Solda do elo perdido

Foi na cidade onde brotou do chão a esperança.

Um dia depois da conversa que teve com Dona Hermina, Zézão pôs-se estrada abaixo, rumo às ruas urbanas. Caminhou por horas pela trilha que bem já conhecia, vagando sem pressa, na expectativa de encontrar por lá alguém que estivesse disposto a ensinar sua amiga enlutada, enlutecida, a escrever. Para o homem, a carta da mãe ao filho tornou-se agora também um de seus desejos. Depois que o contato com a amiga de infância intensificou-se novamente, em partes devido ao processo sofrido de abandonar a dor da perda da família e nisso precisar de companhia, em partes devido ao caminho da casa dela, que, agora, com o marido morto, estava sempre aberto, Zézão enxergou na vida um sentido maior do que ser da morte o mensageiro.

Desde que a amiga se casou, ainda jovem, Zézão perdeu de si um elo, e sua corrente de vida tornou-se incompleta, parecendo-lhe faltar um importante pedaço próprio. Nem por isso, durante a época do matrimônio alheio, permitiu ao tempo que o afastasse do afeto que lhe era satisfatório em abundância e que era ligado, em ida e volta, com Dona Hermina.

Não se casou, decidiu que para sua vida abriria o peito à solidão, e não se fez homem acompanhado por alguma mulher. Vez ou outra metia-se com as damas da noite, sempre com muito respeito e consciente de que aquela era uma aventura para a carência solucionar.

Perguntava-se se algum dia teria de volta o laço que lhe dava na vida a amiga de infância, e chegou infinitas vezes à conclusão de que Hermina havia sido pelo vento da vida levada para sempre dele e, assim, somente lhe restavam as recordações infantis, inocentes, para com afeto refletir.

Agora, de repente, a retomada companhia da amiga curou-lhe os maus pensamentos, e deu-lhe um espaço de conforto, onde podia permitir que seu espírito, às vezes perturbado pelas intempéries da vida, descansasse acolhido em cama confortável. Assim, num compreensível ato de entrega d'alma própria e fidelidade, tomando para si os sonhos da amiga, passou a desejar com todas as forças que ela conquistasse suas metas maternas, e dispôs-se a ajudá-la a deixar para Mirto um recado.

No caminho que se abriu em sua frente, a estrada de terra fez passagem para a entrada da cidade, e, cansado e com sede, esfomeado mas motivado, Zézão avançou ruelas adentro.

Começou perdido, zonzo na manhã iniciada pelo rebo-liço do povo. A feira da cidade, zona animada de comércio, iniciava seu bate-coração, acordando os olhos do povo,

O cozer das pedras, o roer dos ossos

recebendo as primeiras bancas de verdura, sapatos e roupas vindas dos camelôs do sul do país. Ali, tudo era vendido barato, mas mais caro do que fora comprado, certamente, para que o lucro a alguém fosse dado. Havia na feira de tudo: de tapete fino para chão de sala de barão a borracha de panela de pressão para ir no fogo a lenha. Zézão percorreu com os olhos todos os comerciantes que iniciavam naquela manhã da cidade o dia, e perguntou-se se nenhum deles possuía água engarrafada para dar, mas não insistiu na ideia, pois achou de grande folga resolver pedir a alguém água a essa hora da manhã, quando nem deveras acordados todos estavam ainda, enquanto sono-lentos armavam suas tendas para ganhar ao longo do dia qualquer trocado.

Aprofundou-se nas vielas, recordando-se do objetivo que o fizera levantar antes do raiar do dia para ir caminhando à cidade, sob um estalo mental da lembrança.

Procuraria ali alguém letrado que estivesse disposto a ensinar a amiga a arte da escrita. A pessoa, pensou ele, não poderia ser alguém muitíssimo ocupado, porque havia de ter tempo para dedicar-se ao ensino para a amiga, mas também sabia que não encontraria alguém em completo ócio, porque quem escrevia também lia, e quem lia trabalhava, e quem trabalhava não tinha tempo. Ademais, concluiu também que havia de ter a pessoa uma excessiva boa vontade, porque não iria receber da disposta aprendiz viúva qualquer paga-mento além da gratidão, e tampouco dele, Zézão, receberia qualquer dinheiro. O trabalho — e sabia que ensinar alguém era trabalho — havia de ser feito de graça.

Rumou para a porta da *prefeitura* do lugar. Ali, sabia Zézão, não faltava gente letrada, gente que assinava, gente que lia e gente que resolvia — ou não resolvia, mas trabalhava para resolver —, através de textos, as muitas maracutaias que a política local exigia. Do prefeito ninguém via sequer a sombra, ele que morava num casarão afastadíssimo de qualquer área dominada por seu poder democraticamente escolhido aos votos de cabresto nas últimas eleições, luxando dentro de casa, sob teto fresco ambientado pelo ar-condicionado de última geração, bebendo da melhor e mais límpida água que conhecia, e mergulhando aos fins de semana em piscina azul ladrilhada, construída por pedreiros locais, às ordens de um engenheiro, no lote que o político comprou com dinheiro público. Quem quisesse falar com o prefeito sobre qualquer demanda, urbana ou interiorana, havia de migrar, a pé ou em veículo, pelos muitos quilômetros de terra que afastavam da cidade a casa do homem, onde estava construído seu imponente escritório, para assim, quem sabe, na margem do talvez, solucionar seu gargalo.

Zézão, felizmente, não perseguia ali a figura do prefeito, e quando chegou à porta da casa reformada, pintada de amarelo, improvisada como sede do poder municipal, vendo aberto o portão de ferro que se erguia em meio à mureta de um metro, cuidou logo em dar passos para dentro do estabelecimento público. Caminhou timidamente, como quem estava a conhecer o lugar pela primeira vez, pois, se havia ali entrado antes, lembrava-se pouquíssimo do espaço — muitos anos atrás decidira que não mais precisaria da prefeitura para algo, porque quando dela necessitava nunca obtinha resposta, mas sempre uma enrolação dos funcionários que trabalhavam na base do *"vou ver com o prefeito e te digo"*, sem nada dizer no depois.

Já dentro, atravessando a porta aberta que dava acesso ao território sob o teto, bateu palmas para chamar alguém pelos ouvidos. Esperou que respondessem, mas em nada surtiu efeito o estalar das mãos. Repetiu a ação, só para firmar costume de insistência, ainda na dúvida sobre a efetividade do gesto neste momento. Perguntou-se se era ainda muito cedo, e se por isso não havia qualquer trabalhador no lugar, mas, para sua surpresa, como se para fazê-lo se sentir útil, saiu de uma das salas, antes de porta fechada, uma mulher. Era robusta, de pele colorida em um frio vermelho-marrom, com rosto redondo, muito bem-vestida, de cabelos presos em um coque alto, e segurava nas mãos um papel qualquer. Não carregava no olhar a simpatia, mas também não lhe saltava da face o desgosto.

— Pois não? — Quando a mulher abriu caminho para que Zézão lhe falasse algo, o homem sentiu que talvez com ela seus pepinos fossem resolvidos ao menos parcialmente, pois, com certo bom humor, o educado cumprimento da funcionária pareceu-lhe apto a dar continuidade a um debate simples sobre quem seria capaz de ensinar Dona Hermina a escrever.

— Opa! Bom dia... Meu nome é José, vim dali das brenhas, e queria saber daqui da prefeitura uma informação... — Tímido, porque falava naquela hora, sabia ele, com gente de alto escalão, o homem entonou cada palavra da iniciação da conversa com muitíssimo cuidado, e lembrou-se das condutas comportamentais da fala e do corpo que, segundo a mãe que o criara na infância e que havia muito tempo partira, deveriam estar presentes em pessoas que se diziam educadas.

— Pode dizer, Seu José — respondeu-lhe a mulher, num tom atencioso, mas muitíssimo profissional. A seriedade da resposta da funcionária, que tinha o semblante rígido, mas pleno, sem ao menos o cenho cerrar, deu-lhe o rumo do papo que se desenrolaria dali, cujo caminho parecia ser rápido mas complexo, pragmático, útil.

— Então, dona... — Fez a fala como quem queria saber o nome da mulher, e esta, em prontidão solícita, interpelou-o dizendo: "*Solange*" — ... Dona Solange! — completou ele, ao entender que talvez pudesse confiar na mulher para conversar. — É o seguinte...

E em seguida explicou com calma, do próprio jeito, meio lento porque tentava enrustir as falas com cuidadosa gentileza, mas também meio apressado porque tinha no coração certa ansiedade pela resolução da questão de Dona Hermina, tudo o que lhe havia feito levantar-se da cama hoje mais cedo que o dia. Contou a Solange toda a história de Dona Hermina: explicou-lhe que anos antes a amiga havia ficado viúva e que o filho parricida havia partido, mas escondeu nas palavras o fato de que fora uma carta ao parricida foragido que despertara o desejo da amiga de aprender a escrever. Sem demora, a funcionária lembrou-se do caso polêmico, que por meses assolou em conversas os bares da cidade, a respeito do rapaz que saiu do interior vizinho para assassinar o pai na porta do bar de Seu Esmeraldo.

O cozer das pedras, o roer dos ossos

Dando o papo, ela contou a Zézão que, à época, a polícia da região até tinha andado pelo lugar, porque o dono do estabelecimento fez uma denúncia, mas, quando os homens chegaram com o delegado, o rapaz, Mirto — lembrou-se ela do nome do parricida —, já havia da cidade desaparecido. Segundo ela, as investigações do caso nem começaram, e o crime ficou por aquilo mesmo, entendido por todos como briga de família, na qual o governo resolveu não meter a mão.

Zézão, enquanto Solange lhe contava o que ocorrera à época, conseguiu imaginar a cena dos policiais chegando no local do crime — em seus carros-caminhonetes pintados com faixas verdes, discriminando-lhes como membros da força regional de segurança e personagens da elite administrativa do território —, já um tempo depois de o corpo de Germão ter sido pelos vizinhos resgatado e levado para casa.

Aprofundando-se em detalhes, Zézão disse a Solange que o tempo em completo ócio da amiga-viúva-e-mãe--de-criminoso, solitária desde a dita tragédia, havia feito nela nascer o desejo de aprender algo novo, e que a escrita e a leitura, se por ela aprendidas, seriam-lhe ferramentas importantes para completar o ciclo de superação do luto — o que não era por completo uma mentira, haja vista a potência de entretenimento que a atividade do processo do aprendizado representava a quem quer que fosse. Disse a história assim porque pensou sagazmente que talvez desta maneira convencesse com mais propriedade a funcionária a ajudá-lo com a questão.

Quando a história, picotada em alguns trechos, repleta de omissões, da mulher desletrada que havia perdido a família e decidira aprender a escrever para superar a dor, foi concluída por ele, Solange tirou de cima dos olhos alheios as próprias pupilas, e fitou o horizonte aberto por detrás de seu interlocutor, meditando com a testa amassada, fazendo um esforço visível para dar ao homem qualquer rumo de solução para o que ele havia apresentado.

A conversa, que se iniciara àquela manhã na inocência da não pretensão, havia tocado fundo na alma da funcionária, pois a mulher tinha pela educação certo apreço, ou ao menos via nisto algum valor. Havia de salientar-se da conversa um detalhe: quando contou a história da amiga, Zézão não mencionou que Hermina fora mulher-saco-de-pancada do marido defunto, tampouco que não era pela morte dele que ela sofria, mas sim pelo adeus não dado do filho criminoso; também não disse que o luto da mulher havia dias estava de partida, e que seu sofrimento já não precisava tanto assim de entretenimentos, ainda, é claro, que lhe fosse útil qualquer atividade tomadora de tempo. Por fim, fez questão de continuar sem contar a Solange que o que havia de fato motivado Dona Hermina a aprender a escrever era o desejo de deixar para o filho fugitivo e criminoso um recado escrito.

Desse modo, findando o diálogo, um sopro súbito de felicidade, alegria e realização fez folia no juízo do amigo da viúva, quando a funcionária, ao sair do transe mental sob o qual mergulhara buscando soluções para o homem ali pedinte, disse-lhe com um ar de determinação:

— Seu José, minha irmã é professora da escola da cidade... Eu posso falar com ela, se o senhor quiser.

8

Pedagoga

Santana era a irmã de Solange.

Professora, havia vivido seus quarenta anos cercada de livros e alunos, e desde que viera embora da capital do estado após se formar, retornando para a cidade em que crescera, onde hoje lecionava com muita dedicação, aprimorara a pedagogia de modo a gabar-se feliz quando com alguém se sentava para conversar. Se viesse a exaltar-se por isso, fazia-o com atenciosa humildade e, por mais prepotente que o ato a olhos alheios parecesse, não deixava que o relato viesse acompanhado do puro frescor egoísta, trazendo para os tópicos da prosa, sempre que podia, os testemunhos das mães de alunos pequenos, e dos alunos mais velhos, que haviam com ela aprendido algo na escola.

Era solteira, não teve filhos, mas adotava a escola como esposa e os alunos e as alunas como herdeiros de seu sangue, numa dedicação sempre assídua e repleta de afeto, este que fora sempre o protagonista da relação de Santana com a educação. Filha de homem da roça, a mulher recebeu ainda em casa, pequena, do pai matuto e da mãe rezadeira, ordens para sempre apegar-se aos estudos. Foram inúmeras as vezes em que ouviu os pais discorrerem a respeito da importância dos livros na vida de um sujeito, falando para as duas filhas, Solange e Santana, que elas deveriam pela educação abrir mão de tudo, inclusive dos amores.

Solange, irmã da professora, ouviu boa parte das instruções fervorosas dos pais, mas casou-se aos vinte anos e não chegou a ingressar na educação superior, visto que havia de morar com o esposo — este que lhe era muito carinhoso e cuidadoso — e gestar o filho em seu ventre por Deus colocado.

Santana, entretanto, cuidou em apegar-se à dedicação que lhe era incumbida pela família, e quando veio a tornar-se adulta, com os pais já prestes a se deitarem sob o véu da eternidade, prometeu-lhes que seria *professora*. Antes que morressem, a jovem, apaixonada por educação, buscou graduar-se na capital, onde se formou pedagoga, e de onde retornou com diploma nas mãos para, orgulhosa, dar aos pais mais um motivo para sorrirem de orgulho. Quando voltou para casa na época, já ciente da debilitada saúde de seus idosos progenitores, a morte não demorou duas semanas para recolher a alma dos pais das duas irmãs. Morreram os dois sem sofrer tanto quanto poderiam ter sofrido se o diabo resolvesse nos pés deles pegar, especialmente porque partiram com um sonho duplo realizado: tinham as duas filhas letradas e educadas, e uma delas passaria para outros o legado, pois Santana — e bateriam no peito ao dizerem isto — havia se tornado professora.

O cozer das pedras, o roer dos ossos

Naquela manhã, Santana, depois de receber, na escola municipal em que trabalhava, a visita de sua irmã, que lhe trouxe pelo gogó a conversa de um tal José que tinha uma amiga cujo sonho era aprender a escrever, pôs-se a esperar a chegada do homem com ansiedade tamanha, pois disse para Solange que o autorizasse a vir ver com ela o assunto, posto que tomaria as providências adequadas. Pelo pouco que havia ouvido a irmã contar, estava disposta a ensinar a mulher de vida macerada, viúva-e-mãe-de-parricida, a escrever, pois sabia do poder de cura que tinha a educação.

Antes disso, ainda cedo, quando Solange, a funcionária, acabara de ouvir a história de José e a ele falara de Santana, resolveu que iria naquele instante procurar a irmã professora, pois ainda era cedo e não lhe tinha funções acumuladas antes das nove da manhã. Era ela quem abria as portas da prefeitura e, por isso, era a primeira a chegar no estabelecimento, de modo que, quando Zézão chegou, ela já estava a postos no trabalho, mas sem nada fazer, porque o expediente ainda não havia sido iniciado naquele dia. Deixou José esperando-a sozinho na prefeitura, e disse-lhe que, enquanto ela se ausentava, o homem podia avisar a quem quer que chegasse que logo a mulher retornaria, e que a pessoa poderia esperar-lhe sem muita ansiedade.

Solange, depois de deixar a escola municipal, aproveitou o tempo breve fora do trabalho para passar pela padaria que ficava no caminho entre os prédios que eram um o trabalho dela, outro o da irmã. Lá, com o cheiro de pão e salgado frito flutuando no espaço mais quente que o exterior do estabelecimento, pediu à balconista, uma mulher de pele negra e rosto oval, magricela, com sorriso bonito e olhos envolvidos com cílios alongados, que lhe vendesse pães de sal, em massa grossa, e mortadela com queijo. Pediu-lhe que colocasse o valor da compra no folhetim em que eram anotadas as dívidas feitas pelos funcionários da prefeitura, as quais eram sempre quitadas em data marcada ao final do mês, sem tirar do bolso dos trabalhadores públicos quaisquer tostões pelo alimento, de modo que eles não precisavam se preocupar em investir dinheiro na alimentação de segunda a sexta, sendo esta paga pelo orçamento público.

Solange não via naquilo qualquer imoralidade, e achava até justo, pois considerava uma marmota sem tamanho precisar arrancar do próprio salário dinheiro para pagar comida durante o expediente de trabalho — seu salário era pouca coisa e mal conseguia sustentar em casa todas as despesas com o marido, este que, enquanto ela trabalhava, ficava em casa cuidando do filho, o qual, apesar de ser quase um adolescente, ainda não conseguia acatar para si as responsabilidades domésticas. O marido de Solange só trabalhava aos fins de semana, numa oficina que ficava à beira da BR que cruzava a cidade, esta que era a única passagem em solo asfaltado do lugar, e que lhe servia também como única avenida. Assim, o montante que chegava para a família da funcionária ao fim do mês era pouco, de modo que não permitia ao casal luxo algum, mas dava-lhe uma fartura que o distanciava de qualquer sofrimento não merecido pelos bons.

Finalmente, quando chegou de volta à prefeitura, Solange convidou Zézão para quebrar o jejum no interior de sua

O cozer das pedras, o roer dos ossos

sala. Para a sorte dela, durante o curto espaço de tempo em que ficara fora do prédio, não lhe havia chegado qualquer demanda popular para além da de Seu José, e esta já estava com os rumos estabelecidos, pois sabia que a irmã, Santana, não tardaria a apresentar para o homem as melhores soluções que levassem a mulher do interior a aprender a pôr em papel suas ideias.

Na sala, que estava fresca devido ao velho ar-condicionado, instalado na parede, quadrado e barulhento, Zézão satisfez-se da fome com pão de sal e mortadela com queijo, em dois mistos-quentes que a ele foram dados pela funcionária bondosa. Ela mesma pôs o pão com os recheios para assarem na sanduicheira de sua sala: fez dois para o homem e dois para si própria, e ele devorou os que lhe foram oferecidos tão rápido, pois estava com tanta fome, que quando acabou Solange ainda estava na metade do primeiro. Ela chegou a perguntar se Seu José queria mais pão, mas o homem, que não sabia se a pergunta estava feita por improvisada educação ou se por boa vontade, respondeu que estava satisfeito, mas disse que queria levar um misto daquele para Dona Hermina, a qual o esperava em casa e certamente adoraria experimentar a comida que havia sido servida ao amigo na cidade. Solange lhe respondeu que ele poderia levar quantos mistos quisesse para a amiga, mas avisou-lhe de que até que chegasse em casa os pães já estariam resfriados, a gordura já lhes teria banhado a massa e o queijo já estaria em consistência borrachuda. Zézão respondeu à mulher-funcionária que não era um problema tal questão, nem para ele e, com toda certeza, nem para amiga.

Patrick Torres

Sem que Zézão nada pedisse de fato, Solange terminou seu desjejum, ofereceu ao homem — e ele tomou — água gelada de seu pequeno frigobar no canto da sala, e providenciou os outros mistos para que o homem levasse para a amiga. No total, conseguiu fechar mais quatro pãezinhos recheados com queijo e mortadela, o que deixou José feliz e de ótimo humor, agradecido pelo acolhimento proporcionado pela gentil funcionária que, pela bondade dos santos, havia em seu caminho sido por Deus colocada.

Enquanto Solange preparava ainda os mistos que seriam levados para o interior a fim de satisfazer de Dona Hermina a fome, explicou ao homem, com fala cadente, como se chegava à escola municipal, e como lá dentro ele poderia se encontrar com Santana, sua irmã-professora. Garantiu-lhe ela que a irmã se mostrou disposta a receber a visita do homem em seu local de trabalho, e que esta estava empolgada em resolver qualquer angústia quanto à escrita da viúva. Após o encerramento do ato da explicação, Zézão lhe foi grato em gestos e palavras, e buscou em seu interior os resquícios dos ensinamentos do mundo e da família que fossem úteis para, em alegria e ótimo tom, mostrar-se realizado pelos feitos alheios.

Banhado em um doce mel de gratidão, despedindo-se contente de Solange, Zézão deixou a prefeitura, com os mistos-ainda-quentes dentro de uma sacola de plástico branco. Antes disso, havia o homem de conhecer — passando pela escola municipal, conforme lhe explicou a funcionária —, a irmã-professora, Santana, esta que aparentemente de santa não tinha só o nome, mas também a benevolência.

9

Desconfiada,
mas esperançosa

Visto de fora, o prédio da escola municipal era pelo tempo e pelo descuido do governo marcado: os muros, rabiscados pela tinta branca descascada, deixavam despencar alguns pedaços de si para o solo, e via-se, sob o cimento já não mais sustentante de qualquer coisa, o vermelho dos tijolos de barro.

Ali Zézão entrou sem bater palmas, e não demorou para que visse sentada numa cadeira de madeira, sob o teto de uma salinha ao interior da escola, uma mulher a quem a intuição do homem lançou o julgamento de ser a irmã da funcionária da prefeitura.

O encontro com a pedagoga foi rápido, simples e muito resolutivo. Zézão não passou mais de trinta minutos explicando para a professora quem ele era e quem era a amiga, até porque Solange a ela muito já havia adiantado. O homem apresentou-se, e com a mesma busca interior pela construção de hábitos educados à altura da mulher instruída, tentou resgatar dentro de si resquícios que o aproximassem ao máximo dos costumes letrados.

Santana parecia-se com a irmã, mas tinha as bochechas mais proeminentes e a pele mais escura. O nariz, largo em meio ao rosto, fazia companhia aos olhos puxados sem exagero. A impressão que Zézão teve pelo olhar de parcimônia da professora foi a de que ela o envolvia em manto doce, como se dissesse: *venha cá, meu filho.*

Diante de tamanho espaço dado em gestos a Zézão, ele, com muito conforto, perdeu um pouco do receio para falar com Santana como falava aos amigos, mas sem deixar esquecer-se de que ali o assunto era sério e que, por isso, talvez ainda lhe fosse sensato manter a cordialidade presente.

Depois da apresentação, que deu a um e a outro o primeiro passo da amizade, a atenção na conversa tornou-se pragmática, e o principal tema passou a ser sobre o que seria necessário fazer para ensinar Dona Hermina a escrever: quais os horários, quais os dias da semana, se todos, se não alguns; se ela tinha materiais para usar, como cadernos, canetas e lápis, ou se era necessário que Santana para ela conseguisse tais recursos — o que, disse ela, conseguiria sem dificuldade, falando com Solange para que à prefeitura recorresse —; se a viúva possuía os meios para chegar à escola, ou se havia a necessidade de se fazer outro malabarismo territorial para arranjar à mulher algum lugar onde estudar com a pedagoga solidária; e, por último, se ela, ainda em luto, estava realmente disposta a fazer o que o amigo trouxera à cidade como demanda: dedicar-se à educação própria, pois, segundo Santana, era esta tarefa muito difícil, que exigia, de quem sobre ela se debruçasse, voluptuosa dedicação, esforço e

O cozer das pedras, o roer dos ossos

ambição para cumprir o objetivo de pôr num papel as frases que a mente sabia fazer sem nem da linguagem precisar.

— Tá disposta! — garantiu Zézão. — Tá disposta demais! A mulher anda *brocada* com essa história de escrever, professora!

— Pois — começou Santana a encerrar a conversa —, diga a ela que venha me ver amanhã neste mesmo horário, porque à tarde dou aulas para crianças. — E acrescentou: — Ah! Seu José, diga-lhe que não precisa se preocupar com os materiais também, a minha irmã consegue pegar papel e caneta com a prefeitura, e livros eu tenho aqui aos montes.

Foi com isso que Zézão voltou para casa um pouco antes do sol chegar ao pingo das doze horas. Com a questão aparentemente resolvida, o homem inflou o peito de alegria quando deixou para trás o prédio da escola onde trabalhava Santana, caminhando estrada acima, retirando-se da cratera da caatinga sobre a qual repousavam as casas de concreto da cidade, rumando para o chão que era seu e de sua própria vizinhança. Nas mãos, enquanto caminhava, revezava entre os dedos a sacola com os mistos-já-frios preparados pela bondade de Solange.

Ao chegar ao povoado, Zézão viu que as casas já estavam de porta aberta, e viu de longe a casa de Dona Hermina. No batente da porta aberta estava a viúva encostada, de pé, com o vestido largo sendo balançado aos lados pelo soprar de Deus que no vento ganhava forma.

Curiosa, ela olhou para a sacola de comida que o amigo trazia e, vendo-o sorrir de felicidade explícita, franziu o cenho desconfiada, mas ainda assim, como de costume, esperançosa.

10

A caminhada

Dona Hermina despertou para seu primeiro dia de aula antes mesmo do primeiro barulho das galinhas dos vizinhos. Não conseguia desacelerar o percorrer do sangue no corpo, ansiosa, pensando no encontro que teria com a tal professora de quem Zézão lhe havia falado, esta mulher boazinha que iria ensinar a ela a arte da escrita.

O amigo cuidou em avisá-la de que nem à funcionária da prefeitura, nem à professora, ele contara que o desejo do aprendizado da escrita da viúva devia-se à vontade de deixar para Mirto um texto escrito e, por isso, ela deveria atentar-se ao que iria dizer para a professora durante as aulas, e tomar muito cuidado para não deixar escapar que seu objetivo envolvia um criminoso havia anos foragido. Apesar de não gostar de ver a situação com estes olhos, Dona Hermina compreendia com facilidade a complexa situação que envolvia sua família, e como sabia que pelos outros tais contextos era lido como incompreensível, firmou consigo mesma o compromisso de ser cautelosa com as palavras ditas.

A empolgação lhe alegrava o juízo, porque ao imaginar que agora poderia dizer algo ao filho, fosse quando fosse, Dona Hermina deu à própria vida um propósito, e este lhe seria possível de realizar, pensava ela, ainda que estivesse morta sob terra.

Escreveria a carta e faria como disse Zézão durante a conversa que iniciou toda esta saga: deixaria o texto para ser entregue a Mirto caso um dia ele retornasse à vila onde nascera. Não se perguntava o que aconteceria caso o filho não mais voltasse para o lar materno, porque sentia, de todo seu espírito, regado pela intuição que Deus lhe dera, que o menino voltaria, e ela não deixaria que a possibilidade contrária a fizesse desistir de escrever para o filho-herói a carta.

Preparando-se para sair de casa rumo à escola, Dona Hermina pegou do quintal suas sandálias de borracha surrada, que havia lavado no dia anterior e posto para secar aos ventos noturnos da caatinga. Cruzou a porta de casa e trancou-a por fora, sem ter medo de que sua morada fosse por qualquer um invadida, fazendo-o pois só por costume. E assim iniciou seus passos, distanciando-se rumo à cidade, a pé, fazendo o caminho que foi feito por Mirto no último dia em que o viu, caminho este que por ela seria ainda feito muitas vezes, por muitos dias, ou talvez muitos meses, até que ela desse conta de, sozinha, colocar nas palavras em papel desenhadas o recado para o filho amado.

PARTE IV: POEIRA

PARTE IV: POLÍMA

1

Visita ao passado, estalo da memória

Mirto bebericou pelo gargalo da garrafa a água que Francisco trazia em seu caminhão para que matassem a sede.

Enquanto vagueavam com o veículo de rodas desgastadas e de capô pelo tempo corroído, via-se o mato seco que margeava a estrada de terra sobre a qual deslizavam sem certo destino Mirto e Francisco; tanto o mais novo quanto o mais velho com os olhos banhados em sebo feito pelos poros que clamavam por algo que não fosse a quentura de dentro da cabine do caminhão. Das testas dos dois, escorria um suor engrossado pela poeira que era levantada quando as rodas do veículo se arrastavam pelo chão seco, e descia líquido, preguento, do topo do rosto até o fim do queixo, marcando-os com o refletir do molhado as faces.

— *São Paulo é por aqui que chega* — disse Francisco, olhando, através do para-brisa, para o horizonte maltratado pela falta de chuvas, que se abria à frente deles numa estrada fechada, inserida até o miolo nas brenhas da caatinga, esta que não via do céu cair água havia quase dois anos.

Mirto já estava acostumado com seu companheiro dizendo-lhe que a São Paulo se chegava por algum lugar, pois, ao longo dos anos em que juntos percorreram as estradas, dentro deste caminhão, quaisquer novos caminhos remetiam ao homem-motorista os rumos das vias do sul, onde, segundo o próprio Francisco, a relva verde da mata era engrossada e tornada densa conforme as distâncias eram percorridas. Mirto não chegou a ver com os próprios olhos tal relva e, portanto, conheceu pouquíssimo do mato verde que aparentemente havia de cercar asfalto afora as pistas enegrecidas pelo piche escaldante do solo construído por homens.

— *E a gente não vai pra São Paulo nunca, não?* — Era um desejo do parricida conhecer a cidade grande.

Ambicionava pelo mundo preenchido pelas alegorias do urbanismo, pelas torres de sinais de rádio e telefone, pelos fios emaranhados de eletricidade que se embolavam nos postes; queria subir um prédio escadas acima, experimentar o elevador, sentir os pés deslizarem sobre os trilhos do metrô; queria, também, *deixar de ver estrelas*: isto que lhe parecia absolutamente impossível, mas fora-lhe garantido de existência e realização por Francisco. Se possuía em sua cabeça todos esses desejos, era porque, ao longo dos anos de parceria dos dois homens que moravam dentro daquele cubículo de metal vagante, no seu juízo foi plantada por Francisco a semente do horizonte das grandes cidades.

— E tu quer ser preso, criatura? Tenho pra mim que pra tu deixar tua liberdade basta que tu seja visto — respondeu Francisco ao parricida, lembrando-lhe de sua sina.

O homem talvez possuísse consigo a razão. Mesmo que não desse para se saber o que aconteceria se Mirto abandonasse a fuga e resolvesse aparecer de cara lavada por algum lugar, a fama do crime que cometeu contra o pai, quando ainda era menino-homem besta e inocente, seria-lhe logo atribuída, e não demoraria muito até que qualquer entidade de segurança local lhe avançasse sobre os pulsos com algemas ou até, talvez, quem sabe, por que não? *Pena de morte.*

O motorista, apegado aos próprios pensamentos, podia imaginar desenhos e ilustrações de Mirto pregados em paredes de todas as cidades do Brasil, ou mesmo da *América Latina* — achava que era este o nome, lembrava-se disso dos tempos da escola —, marcando o amigo como o *principal foragido do mundo!...* Pensava até que poderiam estar oferecendo pelo companheiro, vivo ou morto, uma recompensa, tamanho fora o estardalhaço que talvez tenha provocado o crime de Mirto. *Por que não? Ora!* Francisco, porém, não arriscaria expor o parceiro a qualquer possibilidade de ser pego e condenado pelo que cometeu — ainda que isto merecesse —, e tão forte era essa ideia no juízo do homem, que ele mal deixava Mirto sair de dentro da cabine do caminhão, mesmo quando precisavam parar em algum posto de gasolina de beira de estrada para abastecer ou se alimentar com salgados baratos bancados pelas economias do caminhoneiro de longa data. As consequências de tal cuidado exagerado surtiram efeito, ao fim das contas, sobre o parricida: Mirto acabou por aprender a reduzir a própria existência a esta massa de carne condenada ao inferno, e talvez à prisão, que matou com um facão o próprio pai muito tempo atrás e, acreditando agora nas mesmas convicções de seu companheiro, não ousava contrariá-lo a ponto de arriscar a liberdade.

Certamente era tal devaneio um disparate.

Tamanha dimensão do crime era um delírio da cabeça um tanto desarrumada de Francisco: *poucos eram os lugares que se lembravam de Mirto ou do crime que fora cometido.* Depois daquele dia houve tantos outros homens que mataram homens na frente de bares, em tantos lugares, inclusive à frente do bar de Seu Esmeraldo, que o parricida filho de Dona Hermina passou a ser colocado em lista de nomes do passado, sem qualquer destaque que lhe conferisse renome: não era nem o primeiro, nem o último; nem o mais perigoso, nem o mais dócil. No fim das contas, excetuando-se o povoado que foi para Mirto a vizinhança desde que ele era criança, ninguém mais, mundo afora, insistia na ideia de que haver solto no mundo um parricida manco representava qualquer perigo a ponto de ser interessante perseguir o infeliz com mandado de prisão.

Francisco, porém, tinha seus motivos para crer que talvez ao amigo não fosse adequada a liberdade desmedida: pela vida inteira o motorista foi em demasia desconfiado, e mal botava fé nos próprios dentes quando estes se apertavam uns aos outros. Essa desconfiança talvez fosse filha dos filmes a que assistiu nos cinemas das grandes cidades, pelas quais passou a trabalho e onde insistiu, nesses tempos, em conhecer um pouco do mundo — fosse ele as telas dos cinemas colocados dentro dos shoppings, fosse ele as praças e as avenidas planejadas que ocupavam o espaço urbano.

O cozer das pedras, o roer dos ossos

Francisco não contava histórias de si para os outros, de modo que nem mesmo Mirto, que havia tanto tempo com ele vagava caatinga afora e adentro, sabia muito sobre os feitos do homem que dirigia sem destino final o velho caminhão, este que, por muitíssimo tempo, serviu-lhe de ganha-pão, de profissão, até o dia em que o homem precisou abandonar a estrada para proteger o amigo que matou o pai com a arma amolada posta nas suas mãos pelo estrangeiro com quem o assassino dividiu uma cerveja.

Um estalo na traseira da cabeça do motorista, feito de medo e preocupação, acontecia sempre que ele precisava, por alguma razão, recordar-se do por quê estava vivendo havia tantos anos vagando de cidade em cidade, dentro de um caminhão que hoje lhe era casa ambulante.

Francisco lembrava-se com perfeição e riqueza de detalhes do dia em que a vida obrigara aos dois recém-feito-amigos a vagarem juntos, um pelo outro, através das peripécias do traiçoeiro destino: a noite da morte do pai de Mirto, Germão.

Todos os dias, sem hora marcada, assombrava-o, arrepiando os pelos de seu dorso, a lembrança da violenta briga que em morte acabou, por causa de sua maldita ideia de facão ao rapaz desarmado oferecer. Recordava-se da cegueira que o tomou da mente a razão e o empurrou, imprudentemente, para a participação coadjuvante no primeiro e último crime que viu de perto — não sendo este *perto* as telas dos cinemas que lhe arrancavam as economias, mas sim a realidade: crua, nua e violenta.

Num instinto da vida que reverte a ordem talvez natural das coisas, neste momento em que atravessavam

Patrick Torres

um entroncamento de duas vias que para o norte ou para o leste do nordeste rumavam, quem atiçou os juízos com a lembrança do dia do crime foi o parricida, sentado com as mãos abertas sobre os joelhos, curvado com o corpo para a frente, como se lhe pesasse sobre o cangote uma grande pedra. Quando, sobre Mirto, este corpo arruinado pela inquietude, bateu na pele o clamor da memória, o homem transportou-se num zarpar do tempo para o chão do dia do crime:

Ao despencar do defunto paterno no solo iluminado pelas lâmpadas incandescentes, o primeiro movimento de Mirto foi o da fuga. Desejou, naquele dia, ter para si a habilidade da pressa, esta que lhe era até então ausente, pois o pé não lhe fazia o favor de ajudar — e não o faz até hoje.

Deixando ali estarrecida com o parricídio a plateia de bestas que havia horas ansiava pelo conflito animalesco, os olhos do rapaz assassino-recém-feito deleitaram-se em viro-reviro de pânico, enquanto ele, com o rubro sangue paterno escorrendo pelas mãos, cuidou em distanciar-se do círculo de gente ao redor do morto. Com o cristalino do olho, Mirto perseguiu por algum lugar, não sabia por onde, Francisco — este que não lhe apareceu.

Assim, quando se constatou frente a frente com a solidão, fugiu. Vagou andarilho a passos largos, doloridos, mancando, para um rumo sem nome, pois ali o destino lhe era desconhecido.

Foi num beco entre três casas de alvenaria onde Francisco encontrou o perturbado assassino: estava acocorado, resguardado sob o próprio abraço, num canto do beco, este que era iluminado somente pelo brilhar da lua que, naquela noite, ignorando a bestialidade dos vivos, fazia festa.

Francisco já estava à procura do parricida havia algum tempo, porque a última coisa que o viu fazer foi correr para longe de onde havia deixado o corpo do pai, de modo que desde o início das tribulações entre os bêbados e sóbrios, que se aglomeraram violentamente sobre o Germão ensanguentado na frente do bar de Seu Esmeraldo, pôs-se na busca do foragido, para dar a ele apoio ou mesmo vereda de escapatória.

Naquele dia, Mirto só abandonou a intumescida esfera de medo e ódio, resignação e vitória — esta que de maneira macabra enfeitava seu ego —, causada pela brutal providência que acabara de tomar, quando viu com os próprios olhos a ajuda solidária de Francisco, que chegou, mais uma vez, na pontualidade divina — ainda que Deus não olhasse com bons olhos para homens de mãos sujas pelo sangue alheio.

Foi Francisco quem deu a Mirto lugar para se abrigar — a cabine de seu caminhão —, e, por isso, era-lhe grato o parricida. Foi também Francisco que sugeriu, ao pé do ouvido do menino, que não era boa ideia considerar voltar para a casa da mãe depois de ter feito tamanha desgraça.

2

Rodion Românovitch Raskólnikov[4]

Bem dita a verdade, para Mirto acabou-se a própria vida quando escapou do corpo de seu pai o banho de sangue que cobriu suas mãos e gotejou no chão a jatos finos.

Um sentimento de ausência, comum a Mirto desde que a infância lhe era a vida, perturbou sua cabeça logo que ele fugiu. Naquele dia, quando criminoso, sentiu cair sobre o cangote a carga do arrependimento, que no momento ainda lhe era imediato, mas que por toda sua vida lhe seria raiz em terra.

Correndo — mancando — pelas vielas escuras da cidadela que lhe fora palco da desgraça, Mirto arregalava os olhos na tentativa de buscar um canto para se abraçar ao escopo do amargo fervor da mediocridade de um assassino — de um parricida! *Meu pai, eu matei papai!*, berrou-lhe o consciente dentro de suas labaredas encefálicas.

---

4   Nome do personagem principal da obra *Crime e castigo*, de Fiódor Dostoiévski, escrita em 1866.

O cozer das pedras, o roer dos ossos

Decerto que era um foragido, mas quanto a isso era mirrada a preocupação. Era consciente de que fora criminoso, e não só o fora como o é — há de se deixar isso em evidência! —, e sabia que se, em qualquer encontro da vida oportuna, fossem postas aos pulsos algemas e aos peitos a sina, haveria de cumprir o mandado da lei. Perguntava-se se já não era melhor alternativa entregar-se à polícia da região, contando tudo do seu ato, ganhando dos livros da lei seu devido condenamento pela culpa, esta que hoje era para ele o principal elo da existência. Até hoje, não desistiu de fato da possibilidade de se entregar, mas jamais proclamara em bom tom covarde ideia. Se assim o fizesse, era o próprio companheiro Francisco, que o adotara como parceiro de vida desde o dia em que Mirto abriu com os próprios punhos as portas de sua desgraça, que o faria arrepender-se de ter cogitado tamanho disparate.

Talvez por remorso, Francisco tomara para si algumas das responsabilidades empurradas aos criminosos pelo amargo sabor da culpa — e por muito tempo ele se sentiu parte do crime, fazendo até hoje menção, quando sobre isso raramente conversava com Mirto, ao momento em que, empolgado pelo inconsequente fervor do sangue, e vendo o rapaz em desvantagem, buscou dentro do bar de Seu Esmeraldo um facão. Assim, hoje, viviam os dois amigos como se fossem bobos da mesma corte, amantes de mesma idade, gente que se entendia: eram os dois foragidos, um parricida, outro cúmplice.

Entretanto, para o assassino, o pilar da dor que o acompanhava peito adentro encontrava-se na figura de sua *mãe*.

Como Mirto, diante do pó que lhe cobriu o destino, em meio a tamanha tralha sentimental, embebido em culpa da cabeça aos pés, iria olhar para os olhos da mãe uma próxima vez? Onde havia ele enfiado a vergonha que antes estampava sua face? *Ora!* Se aparecesse para a mãe depois de ter arrancado dela a vida do marido, não haveria palavra de perdão que o faria sentir-se confortável assistindo de perto à miserável vida da mulher vítima dos efeitos do ato do parricida. Para a isso se somar, havia ainda a questão de ele ter matado o pai e, em covardia de criança, *ter desaparecido*, sumindo becos adentro.

Imaginava que, talvez, nunca mais aparecer para sua progenitora fosse uma inteligente solução para findar, ao menos em partes, o sofrimento de Dona Hermina.

A mãe certamente não estaria inteira, porque ele, seu próprio filho, a havia empurrado para o poço da desgraça, ao fazê-la mulher sozinha, abandonada, viúva, solitária, e envergonhada pelo que fizera seu filho. Ela certamente arrebentara-se num abismo sobre o qual jogou-se de alma e espírito, depois daquela maldita noite em que o menino saudou o diabo, sorrindo, deixando que o sangue de suas mãos, arrancado de seu pai, selasse com o próprio demônio um pacto para a decadência própria. Como ele olharia para a mãe tão desolada?... Ainda a amava, para sempre o faria, e, diante a isso, quão grande lhe seria a dor de olhar para a mãe, àquela altura já quase-velha, provavelmente de cabelos brancos e peles caídas, puxadas ao solo pelo tempo, e vê-la carcomida pela crueldade do esplendoroso cutucar-feridas da vida?

O cozer das pedras, o roer dos ossos

Entretanto, houve, certa vez, um único barulho que quebrou o silêncio do lugar mental que Mirto escolheu para guardar em segredo o desejo de retornar para casa. Foi um som áspero, frio, cuja densidade fez estremecer, em um grotesco mover-se de placas tectônicas encefálicas, todos os ossos do homem, levantando pelas beiradas da cabeça uma possibilidade avassaladora, que perturbou desde então o espírito do parricida: *e se a mãe morresse?*

Mais uma vez: e se a mãe morresse?

Era uma possibilidade. É uma possibilidade!

O estalo de tamanha tragédia fez o esôfago de Mirto esquentar, pois em náusea reflexa eclodiu estômago acima o ácido frívolo, e a quentura que lhe subiu pelo tórax fez todo seu corpo estremecer em agonia ligeira. A cabeça, neste ínterim sensacional, firmou-se zonza no tripé de pescoço que lhe havia sobre o esqueleto, de modo que se segurou erguida apenas por resposta motora automática, pois involuntariamente o desejo das carnes do homem era encolher-se em posição fetal, abraçado às próprias pernas, ruminando ali dentro da cabine, esquecendo-se do mundo e dos ultrajes do destino. Quanto aos pés, Mirto sentiu-os gelar sob o couro surrado das tiras da sandália. Percebeu-se amarrado ao desesperador contexto de estar sobre o mundo sozinho, caso a mãe partisse deste plano, apegado às correntes próprias, criadas com os elos de seu próprio medo e que, enroladas sobre sua alma, sufocavam sua traqueia.

Então, num impulso amargo de elaborar em linguagem física, real, a ideia imaterial mas torturadora que habitava agora os enlaces de seu pensar, Mirto inspirou fundo e fez que ia falar... Considerou desistir, fechou a boca, segurou a inspiração, e titubeou... Reconsiderou... E, arrastando-se para fora do buraco no qual estava imerso alguns minutos antes, desde que o pensamento sobre a mãe lhe assolara o espírito, olhou para Francisco. O companheiro-motorista lhe devolveu o olhar, e com isso percebeu no parricida a exaltação das sobrancelhas e dos olhos esbugalhados.

Francisco pisou menos no acelerador e fez com o corpo uma postura de atenção, apontando as pupilas para os olhos do parceiro, como quem diz *"fala, fala!"*.

— Francisco... — respondeu Mirto à própria náusea inicial com o vômito linguístico. — E se *mamãe morrer e eu nunca mais ver ela?*

3

Ulisses, o rei de Ítaca, o Odisseu[5]

— Oxe, *cunversa* é essa, Mirto?! — respondeu Francisco à indagação, com um tom que para Mirto assemelhou-se ao barulho do absurdo. — Deu pra pensar besteira agora, homem?

Mirto fitou o para-brisa do caminhão com os olhos cerrados. E, olhando a estrada se abrindo, pensou se estava mesmo indo longe demais com a cabeça, divagando para um lugar distante, não familiar.

— Não, Francisco... — sem tirar os olhos do horizonte, falou, consternado: — Eu tô falando é sério... Será que eu *inda* vou ver mamãe? — Olhou para o amigo, que aos poucos pareceu meditar junto a ele sobre o assunto, agora provavelmente passando a compreender, aos poucos, que o

---

5   Odisseu, ou Ulisses, é o herói da Guerra de Troia. Ele é protagonista de A *Odisseia*, de Homero, obra que trata do regresso deste personagem à sua terra natal, Ítaca. Depois de vencer a Guerra de Troia, Odisseu leva dez anos para regressar à terra pátria.

parricida não estava exatamente habitando o absurdo com os pensamentos.

Então Francisco, como se estivesse se compadecendo pelo desespero tristonho do parceiro, começou a pisar o pé no freio do veículo que, reduzindo a velocidade aos poucos, sem fazer poeira, estardalhaço ou drama, parou na beira da BR sobre a qual estavam a viajar.

Francisco optou por não questionar o sentimento confuso do amigo, e fez que ia voltar a acelerar sobre a estrada com o caminhão... Mas, antes disso, bateu-lhe à cabeça um pensamento paralelo ao de Mirto, que custou ir embora e, por isso, o homem resolveu lançar ao parricida o que a cabeça havia lhe botado na mente:

— Mirto... — Começou Francisco, cauteloso. — *Como é que tu sabe que tua mãe tá viva?*

A pergunta fez gelar pelo espinhaço de Mirto todos os pelos que cobriam a pele escura.

Não havia ainda, talvez por negação inconsciente, ou talvez por pouca imaginação, pensado na possibilidade de a mãe *já estar* morta. Havia alguns anos que o homem estava em fuga constante ao lado do seu parceiro de crime e, neste período, só nos últimos dias lhe havia feito barulho de grilo no juízo a tagarelice bestial acerca da morte de Dona Hermina.

De repente, Mirto sentiu fisgar no interior do peito o espinho da ferida que o mundo nos guarda, e, com tal fisgada, esvaziou-se de esperança, de modo que, no lugar dela, brotou e cresceu, rápido como o ato de cuspir, um pânico colossal, com inúmeros braços e infinitas ramificações, as quais, como se árvore fossem, fizeram sombra fresca sobre a alma do homem fugitivo, e sob a qual deixou ele que o espírito chorasse.

Mirto manteve-se lacônico, sem conseguir criar linha de raciocínio que fizesse o amigo sentir-se contemplado com a resposta acerca desta outra — e pior — possibilidade envolvendo sua mãe.

Francisco entendeu o silêncio do companheiro e compadeceu-se, sentindo no peito um vazio semelhante ao que em paradoxo ocupava em fartura o peito do parricida. Deixou que o medo também o afligisse, pois passara, desde o dia do assassinato de Germão, tanto tempo ao lado do fiel parceiro, que passou a sentir que dele lhe vinham sentimentos pelo ar que os dois respiravam.

O motorista então deu novamente a partida no veículo, com um pesar que deixou ambos os habitantes daquele espaço de metal, vagante da caatinga, bêbados de torpor e incredulidade, e com maestria iniciou uma aceleração. Estranhamente, Francisco fez certo reboliço com as mãos sobre o volante, movendo-as em dança para lá e para cá, e levou o carro para frente e para trás algumas vezes.

Demorou um tempo curto para que Mirto se arrancasse de dentro do buraco que o medo de ter perdido a mãe lhe fizera no peito, e percebesse que Francisco estava fazendo com o veículo algo que até então não haviam feito sobre qualquer estrada:

— Oxe, diabo é isso que tu tá fazendo, Francisco?

— Virando o carro, oras.

— Virando o carro pra quê, Francisco?

— Pra *nois* ir pra outro lugar, Mirto.

— E tu vai pra onde, Francisco?

— Pra tua casa.

Decidido, despedindo-se da estrada sem rumo, o motorista parceiro de Mirto pisou fundo no acelerador do caminhão — agora com a frente do veículo apontando para onde apontava momentos antes a traseira —, voltando por cima do rastro, por um caminho incerto, mas com destino pronto, este que se fez nascer a partir do medo da morte, cujo contrário era esperado com enorme ansiedade.

Mirto estava voltando para casa.

4

Abandono da fé

Quando Dona Hermina apresentou os primeiros sinais da morte, ela que vem avassaladora corroendo por dentro tudo aquilo que vive, restavam-lhe sobre a terra pouquíssimos amigos.

Zézão, por exemplo, pego por uma febre de sete dias e oito noites, faleceu sobre uma cama sozinho, ainda que na sala da casa do doente habitassem fervorosas almas esperançosas, que guardaram pelo homem o legado do afeto. A morte do amigo da viúva não foi uma grande tragédia: pareceu, a quem viu a alma deixar o corpo, que o espírito lhe escapava as carnes, de mãos dadas com a ceifadora. Pudera! Ele serviu à morte tantas vezes enquanto vivia, que quando essa lhe cumprimentou em sua última noite de vida, enquanto ele ardia e suava amarrado pela doença que lhe afligia, estender os braços foi tudo o que fez, de modo que pareceu ter viajado para o plano além-terra trajado em roupas brancas que flutuavam aos céus, segurado pelos braços da própria morte. Seu velório e seu enterro foram obras concluídas antes que estivesse pronto o almoço das pessoas mordidas pelo inseto do luto: pela manhã, ainda cedo, velaram-no com o ritual de sempre. Mais tarde, mas ainda antes de o tempo correr pro meio-dia, levaram para o cemitério, numa rede azul, doada por Dona Hermina, o corpo do doente defunto, que foi enterrado sem muita *firula* no quintal do coveiro, com Caramelo eufórico, mas em silêncio.

A morte do mensageiro da desgraça mexeu intimamente com Dona Hermina. A mãe do parricida sentiu escapar-lhe dos dedos toda a matéria de felicidade sobre a qual já havia posto as mãos. Um poço profundo, no qual havia tempos não entrava — mas do qual havia tempos não saía —, instalou-se no breu de seu coração e, enquanto o luto se abrigou em suas feições, ela quase morreu de tristeza.

Para fazer jus ao amigo que partiu, a mulher doou para o velório sua mais bonita rede, azul-marinho com detalhes brancos, bordada à mão por rendeira da cidade antes mesmo do nascimento do filho-assassino. Entregou-a para o enterro do amigo com certo remorso, pois, ainda que lhe fosse belo o ato de entregar para o descanso eterno de Zézão sua única rede conservada, foi sobre aquele tecido que também se deitou o corpo pequenino de Mirto, Mirtinho, quando a criança, recém-nascida, quis tirar seus primeiros cochilos vespertinos.

Dona Hermina não atribuiu à morte do amigo grandes significados, mas sabia ela que com Zézão ia, para debaixo do pó que habita a terra, um baú de suas memórias, as mais bonitas e divertidas, nas quais havia ela depositado sorrisos sinceros que fizeram morada no tempo e marcaram para sempre sua cabeça.

Apesar disso, a mulher aceitou a situação como a terra da caatinga aceita a escassez da chuva, e fez brotar nela o caule do mandacaru, como faz todo ano o chão seco do sertão.

No fim das contas, Dona Hermina apegou-se à saudade boa — se é que isso é possível — que sentiu, desde então, de seu amigo defunto. Resgatou na cabeça todas as façanhas que deram ao homem o legado de melhor amigo: as brincadeiras de criança, os namoricos de adolescentes, as brigas de bar na qual ele se metera, e o alfabeto aprendido de cabo a rabo por Dona Hermina, graças ao defunto.

Dois anos antes aprendera a ler e escrever, porque queria deixar recado para o filho.

Quando se empreitou na labuta de conhecer o alfabeto dos homens e aprimorar sua comunicação, Dona Hermina acreditava com muita firmeza que, em determinado momento, talvez até antes de sua morte, encontraria o filho foragido que era por ela muito amado... Com o avançar dos anos, porém, desapegou-se da ideia. Passou a ser convencida de que só poderia entregar a Mirto um recado se este fosse escrito e deixado no povoado onde morava — como havia lhe proposto, certa vez, Zézão —, para que assim fosse finalmente entregue ao parricida quando, quem sabe, ele encontrasse no juízo a hora de voltar para o caminho de casa.

Até nisso, na possibilidade de o filho lembrar-se dos rumos de casa, havia ela perdido muitas das esperanças — mas não completamente. Restou-lhe dentro do peito um volume de fé na vida que, mesmo pouco, foi-lhe suficiente para servir de combustível na trajetória que foi a alfabetização. Movida a isso, que no fim, sabia ela, era o amor materno, Dona Hermina cruzou por muito tempo, em ida e volta, a pé, a estrada que ligava o povoado à cidade, na missão de aprender a escrita na escola municipal, com as aulas oferecidas pela professora sem custo qualquer. Lá, com Santana, a irmã de Solange — ambas consideradas pela viúva verdadeiros anjos — dispôs-se a encontrar o próprio caminho letrado, minimamente suficiente para colocar sobre papel escrito o que havia de dizer para o filho.

Levou muito tempo para que a mulher conseguisse elaborar em palavras tudo o que havia de dizer ao menino--homem que fugira. No tempo que passou dedicando-se a tal missão, seus cabelos ficaram brancos, sua pele enru-gou-se com intensidade, seus seios caíram e seus olhos se empalideceram pelo cinza de uma catarata bilateral que lhe deixou com a visão difícil, turva, mas ainda existente a ponto de dar a ela a vista do caderno de Santana, este que lhe servia de espaço para anotações.

Faltou às aulas pouquíssimas vezes. Tinha encontros com a professora das segundas às sextas, e aos fins de semana ficava em casa, ora faxinando a moradia, ora treinando a escrita em seu caderno, este que chegou à sua casa graças à boa vontade de Solange, cuja malemolência administra-tiva a possibilitou ser capaz de dar materiais escolares para Dona Hermina — aparentemente, ela os havia pegado com a própria prefeitura e destinado os cadernos, as canetas e os lápis para a viúva.

Neste tempo, a mãe do parricida viu morrerem duas amigas. A primeira delas foi Dona Helena. A velha, cristã até os ossos, que a muitos por muito tempo rogou pragas bíblicas, foi encontrada caída em poça de urina no chão da cozinha da casa que chamava de sua. Tinha, segundo quem encontrou o corpo, a boca aberta e a língua torcida, os pés e as mãos roxas. Aos punhos, a defunta possuía agarrados os inúmeros terços de diferentes cores, alguns feitos de madeira, outros feitos de plástico, fazendo volume nos pulsos como verdadeiras algemas. No pescoço, contava a velha também com dois crucifixos, ambos embebidos em saliva que a morte lhe arrancou enquanto puxava para fora do corpo seu espírito. Concluíram que morreu do coração — mas não se preocuparam em investigar a causa certa: não havia vivos a quem tal informação confortasse. Dona Helena só tinha com ela a fé, e talvez houvesse até dela se afastado, apesar da devoção. Afinal, pregou a todos tanto malefício, foi sobre terra tamanho estorvo, rogou sobre os corações alheios tanto título de pecado, que era possível, aos apegos cristãos da mulher, o desejo do afastamento. Fosse como fosse, estava morta. Foi enterrada sob o som de mais de dez Pai-Nossos, sendo repetidos pelos que se compadeceram com a alma da idosa e foram ao quintal do coveiro prestar condolências. No dia do enterro, a voz do padre terminou o ritual sibilante, tamanho foi o cansaço causado pelas inúmeras rezas proclamadas.

O dia do enterro de Dona Helena foi um dos únicos que Dona Hermina escolheu para não ir ao encontro da professora Santana.

Uma outra vez que Dona Hermina faltou à aula foi no dia da morte de Xeila.

5

Xeila

No dia em que a mulher dos panos limpos foi encontrada morta no meio do mato, revirada do avesso com dezessete facadas dadas em suas costas, a população do povoado viu-se consternada pelo âmago do temor.

Encontraram seu corpo pela manhã. Um grupo de homens estava caçando tatu no mato para vender na cidade a carne do bicho esquartejado, mas em vez do animal encontraram sobre os lajeiros de pedra, nu e ensanguentado, o corpo da mulher que durante a noite trabalhou pela última vez.

Os homens carregaram o corpo nos braços, para fora da mata seca, e chegaram à vila, trazendo nas vozes fúnebres o pesar da anunciação mortífera. Quando os habitantes do lugar viram o grupo de homens chegando com o cadáver, instalou-se certo pânico, mas sobre este sentimento sobrepôs-se o triste peso do adeus.

Dona Hermina, embasbacada com a violência que findou a vida da prostituta, encarregou-se de dar banho no cadáver

O cozer das pedras, o roer dos ossos

e limpar o sangue seco da superfície da pele de Xeila. Cumpriu a tarefa com capricho, com carinho, e chorou duas ou três vezes no tempo em que esfregava, com sabão de soda, a superfície da pele da defunta. Quando terminou, enrolou-a em um lençol branco, esburacado, e rasgado em alguns pontos, que a viúva tinha em casa. O tecido era de pouquíssimo valor, e havia muito tempo já não era usado pela dona, mas foi útil para enrolar momentaneamente o corpo, agora limpo, da mulher assassinada.

O velório começou no início da tarde e durou até o pôr do forte sol. Velaram-na na sala de sua casa, esta que, ainda trancada — como foi deixada pela dona na noite anterior —, teve a porta arrombada pelos homens vizinhos que, de dentro dos armários fartos de panos e tecidos limpos, pegaram uma rede com cheiro de amaciante para envolver o corpo da mulher morta.

Os poucos que prestaram condolências ao evento da defunta violentada rezaram algumas poucas vezes salmos e textos bíblicos, acenderam algumas velas no lado de fora da casa alheia, e levaram raminhos verdes para deixar sob a rede pendurada na sala de Xeila. Mas havia no ar um sentimento de desserviço, de pecado: os ali presentes não juravam de fato pela alma da mulher-da-noite que agora tinha ido embora noite adentro para sempre. Em verdade, faziam a cerimônia por pura casualidade, e mal viam a hora de deixar o corpo da prostituta repousar debaixo da terra do cemitério, visto que acreditavam que o inventário de pecados da assassinada era grande o suficiente para retirar dela até mesmo o direito a despedidas dos afetos.

Mais tarde, quando decidiram carregar a mulher morta para o cemitério, no mesmo trajeto que estavam acostumados a fazer quando alguém do povoado era pelo fim da vida acolhido, cobiçaram o fim da cerimônia quase inútil: *rezar para quem?* A promiscuidade daquela que descansava esfaqueada dentro do caixão reutilizável de sempre, trazido pelo coveiro sobre os ombros, não teria qualquer espaço nos metros quadrados do solo divino. Xeila era para muitos a personificação do caos do pecado, a tentação em forma de gente, o poço vazio sobre o qual os desejos do adultério e do fetiche podiam ser derramados sem piedade.

Em vida, sempre soubera de seu caminho de condenação para os infernos, e com isso fora muito bem resolvida, pois, afinal de contas, o que ela tinha para vender, sendo, portanto, matéria para sustento próprio, era o que possuía debaixo da roupa. Acreditava, vez ou outra, que Deus a compreenderia, porque, se ele permitia a ela que passasse por tantas necessidades a ponto de poder oferecer ao mundo apenas seu corpo, era porque também a perdoaria quando ela a cristandade desonrasse.

Bem, perdoando-a Deus ou não, em seu enterro, a única bondosa alma solidária que de fato pôs-se a pedir com fé pela salvação da alma da defunta foi Dona Hermina. A viúva devia favores à prostituta, isso é verdade — a mãe abandonada jamais se esqueceria do dia em que teve o marido assassinado pelo filho e recebeu de Xeila um carinho especial, um cuidado amistoso —, mas não foi por conta disso que tomou para si a responsabilidade de limpar o sangue da pele da mulher e rezar com sinceridade cristã pela defunta.

O cozer das pedras, o roer dos ossos

Na realidade, fez isso porque sentia que ela, como mulher vivida que fora, diante do destino sofrido que tinha trilhado, perante os riscos da noite que encarara, merecia ser tratada, ao menos na hora da morte, com o mínimo de dignidade.

Quem pagou ao coveiro pelo pedaço de terra onde descansaria para sempre o corpo de Xeila foi Dona Hermina, com economias que havia feito ao longo do tempo — alguns trocados que conseguiu juntar vendendo, nos últimos anos, temperos a quem interessasse. Pagou ao homem o suficiente para o almoço e a janta dele e do cachorro, este que ainda o acompanhava em cada velório.

Enquanto se afastava a passos lentos do cemitério, com o sol escondendo-se por detrás da mata marrom ao fundo do Oeste da região, Dona Hermina virou o pescoço e fitou as cruzes de madeira cravadas no chão, notando ser a mais recente delas a de sua amiga Xeila, morta ninguém sabe por quem ou por quê. Começou a rezar baixinho um último Pai-Nosso, vagando sozinha para casa, pois todos os outros que haviam ido rezar falsamente na cerimônia de despedida já tinham se retirado havia algum tempo.

Ao final da reza sussurrada, mirando o horizonte que se abria enquanto ela se aproximava de sua casa, Dona Hermina deu-se conta de um estranho fato curioso: o padre, a quem a morte era sempre um convite, não havia comparecido ao velório ou ao enterro da prostituta.

6

Deixa o mundo a mãe

Para Dona Hermina, a morte chegou tímida. Sem fazer estardalhaço, a figura da mulher encapuzada, sem rosto, com uma foice grande presa à sua mão direita, aproximou-se para ceifar do corpo da idosa a alma, com cautela, avançando como tinha que avançar, fazendo questão de mostrar-se presente.

O partir da mãe-viúva foi suave, e seu encontro com a ceifadora não lhe chegou a trazer dor. Para se dizer a verdade, quando as mãos gélidas da mulher-morte tocaram no ombro de Dona Hermina, fazendo-a arrepiar todo o espinhaço, o que a senhorinha sentiu foi um toque congelante sobre a pele. A sensação espalhou-se pelo seu corpo, irradiando-se pelos membros, primeiro os de cima, depois os de baixo, e em um curso de tempo menor que a demora do *tic* para o *tac* de relógio, o espírito da mulher desfez-se das amarras carnais, partindo ar acima rumo ao encontro com os santos.

É certo que a morte não chegou sem prévio aviso: Dona Hermina não foi pega de surpresa.

O cozer das pedras, o roer dos ossos

Havia meses via a vista escurecer sem razão alguma. Tontura e confusão mental marcaram os últimos dias da idosa, tirando-a do eixo do juízo correto, levando-a, às cegas, para o rumo do findar da vida. A mulher não demorou a reconhecer que, talvez, aqueles eram os indícios do encontro com o ponto-final do destino, e ao primeiro sinal divino de que sua hora estava para chegar, agilizou seus últimos feitos em vida: limpou a casa algumas últimas vezes, bebeu água algumas últimas vezes, comeu algumas últimas vezes... Em todos estes momentos, pensava consigo, sozinha, se era esta a sua sina final: a morte banhada em solidão.

Houve algo, porém, neste ínterim arrastado de falência subjetiva, que não ousou abandonar Dona Hermina: sua memória. Tal fato era curioso porque ela havia crescido ouvindo que velhos ficavam esquecidos. Mas de sua cabeça nada se foi e, muito pelo contrário, seus últimos dias foram regados a nostalgia e saudade.

Lembrou-se dos dias de luta, em que precisou combater com as próprias mãos a pobreza, pelejando para sobreviver sem estar imersa na sensação de fome e abandono. Lembrou-se das boas amizades, das boas comidas, dos bons passeios que um dia ousou dar. Lembrou-se de quando foi o único ventre presente sob um teto, e neste devaneio encontrou-se debaixo da lembrança mais valiosa que se recusou a deixar sua cabeça por um dia que fosse: seu filho.

Em seus últimos dias, Dona Hermina questionou a Deus sobre a divina conduta de deixá-la partir da vida sem ver o primogênito uma última vez. Estava triste com isso, é verdade, mas vinha há tanto tempo habituando-se a essa

Patrick Torres

possibilidade, que tal tristeza perdurou por pouco tempo. Não veria mais Mirto, tinha certeza disso, especialmente porque agora sentia em seu peito o escorrer da esperança já quase inexistente, enquanto ela fitava os olhos da própria morte. E, ainda assim, pouco esperançosa, Dona Hermina recusou-se a partir sem deixar sobre terra um último sinal para o filho amado, o herói de sua vida, que lhe trouxe o andar da desgraça, o abandono obscuro, mas que também lhe deu a liberdade de sentir-se viva para si.

Foi quando percebeu, havia algum tempo, pela primeira vez, que estava perto da data marcada de seu fim, que Dona Hermina sentou-se sozinha na cadeira da sala, com o caderno que Santana havia lhe dado quando ela resolvera aprender a escrever, e pegou, na sua mão direita, calejada e enrugada, uma caneta azul já gasta, quase sem tinta, que havia usado em todo o seu processo demorado de tentar tornar-se letrada.

Não aprendeu muito mais que algumas palavras, o nome do filho e o próprio nome. Santana, que foi para ela, mais que uma professora, um sinal da concretude de Deus, cuidou em conduzir a viúva pelas letras do alfabeto e por sílabas até então desconhecidas. Foram inúmeros os momentos em que a pedagoga segurou na mão de Dona Hermina agarrada à caneta, e a fez riscar, repetidas vezes, os desenhos das vogais, de algumas consoantes e de algumas palavras. Levou algum tempo, certamente, para que a aprendiz passasse a escrever sozinha mais que um básico *bê-á-bá*, mas seus esforços de cantarolar o alfabeto e treinar em casa o que havia na escola aprendido foram pilares cruciais na construção do edifício que era para ela a arte da escrita.

170

O cozer das pedras, o roer dos ossos

Quando estava para deixar de frequentar a escola, Dona Hermina foi encontrar-se pessoalmente uma última vez com sua mestra, e levou para a professora, de lembrança, um pote de doce de buriti, que ela própria havia feito, depois que alguns de seus vizinhos lhe doaram açúcar e poucos quilos da fruta que cresce nos brejos distantes. O tacho onde cozinhou a massa da fruta ainda estava quente quando Dona Hermina pôs-se a caminhar, com uma sacola guardando o doce, rumo à escola municipal da cidade.

A despedida com Santana foi breve, e naquele dia as duas choraram: tanto pelo descontentamento pelo fim dos encontros quanto pela alegria de terem, no tempo em que passaram juntas pelas manhãs repetidas, conseguido fazer Dona Hermina escrever algumas palavras pingadas em papel, as quais, mesmo soltas, faziam sentido e transmitiam o cerne da mensagem idealizada. Após a despedida, antes de voltar para sua casa, a aprendiz passou na prefeitura da cidade com o objetivo de ver uma última vez Solange, a irmã de sua professora, ela que foi, para a escrita de Dona Hermina, parte do motor inicial, e que por isso merecia receber as gentilezas da gratidão.

Quando a morte já havia sido para ela anunciada, sentada na sala de casa, em contato com o âmago de seu próprio eu, Dona Hermina desenhou na folha de seu caderno algumas letras das quais lembrava-se, sem se confundir, e formou com segurança poucas palavras. Escreveu o que à sua mente vinha, sem se preocupar com firulas ou exageros — até porque pouco disso chegou ela a conhecer. Quando decidiu concluir o que escreveu, que era pouco menos de meia folha, pelejou para reler as próprias palavras, com o objetivo de certificar-se de que havia ali o que ela de fato desejava ao filho dizer um dia. Viu que era aquilo, e quando transbordou de satisfação ao ter finalmente conseguido escrever a Mirto, respirou aliviada. Dobrou a carta e a guardou no armário velho da cozinha, cujas portas já não muito se sustentavam fechadas...

Foi Dona Luíza quem estranhou a manhã de segunda--feira que despertou nublada e chegou ao meio-dia sem qualquer sinal de Dona Hermina para o lado de fora de sua casa.

A vizinha bateu à porta da viúva-mãe e, ao perceber que ninguém foi a seu encontro, suspeitou que talvez o destino houvesse resolvido pregar a marteladas o findar da andança daquela mulher solitária. Chamou, do lado de fora, seu nome três vezes: *Hermina! Hermina! Hermina!* E, quando o silêncio fez saliência sob o espaço entre a porta da casa alheia e o chão, resolveu clamar ajuda.

Genilda, com um coque alto para trás na cabeça e os cabelos molhados de suor devido ao trabalho no canteiro de casa, foi quem veio prestar socorro de prontidão. Na situação aperreada, a mulher mais nova arrombou a porta da casa, que um dia fora a de seu amigo de infância, com uma força pouco antes vista.

Arrombada a porta, cruzaram as duas o batente, reparando na arrumação da casa, impecável e limpa, e, ao chegarem ao quarto de Dona Hermina, viram que a senhora estava deitada com rosto sereno sobre o colchão esburacado. Estava com o corpo encolhido debaixo de uma coberta leve e fina, que certamente era incapaz de protegê-la de frio, caso este fosse uma realidade presente — mas não era o caso.

Não fazia frio àquele dia, era verdade, mas o calor de sempre estava menos intenso. O ar seco havia sido substituído, desde cedo, por uma umidade desconhecida, enquanto o sol batia com mais sutileza sobre os telhados da vizinhança, com nuvens carregadas pairando acima da vila onde morava aquele povo. Talvez por conta desse tempo mais brando, pensaram ambas as invasoras-vizinhas, Dona Hermina houvesse optado por embrulhar-se dos pés ao pescoço com aquele lençolzinho fino, que a envolvia como se um casulo delicado fosse, prestes a se rasgar.

Dona Luíza e Genilda aproximaram-se da mulher que descansava ali, dormindo em aparente sono profundo, e, sem fazer barulhos, cutucaram-na. Não houve resposta. Genilda, com mais coragem que a mulher mais velha, colocou o dedo indicador sob as narinas da viúva, e dali não sentiu o ar sair. Quando se deu conta do que estava vendo, começou a chorar, conformada, visto que para ela aquela cena era uma realidade anunciada pelo estado de solidão e tristeza que Dona Hermina havia apresentado nos últimos tempos, típico daqueles que ruminam os últimos instantes em vida. Com um movimento lento de pescoço em giro, olhou para Dona Luíza e constatou com pesar:

— Está morta.

Dona Luíza marejou os olhos e, em vez de aproximar-se instintivamente da vizinha agora falecida, retirou-se para a calçada da casa, onde acendeu um cigarro de palha e mirou o horizonte nublado da caatinga, pensando que

Dona Hermina ali, morta, parecia-se com tudo, menos com um cadáver.

Como se o mundo se afogasse em tristeza, um trovejar estrondoso saiu da garganta celestial daquele dia estranhamente nublado, e do alto das nuvens carregadas, algumas de um cinza-escuro, gotejou de leve a água, simulando lágrimas dos anjos, que em alguns segundos intensificaram a descida, assolando aquele chão que geralmente era banhado apenas pelo suor dos miseráveis.

7

Odisseu atraca a embarcação[6]

O para-brisa do caminhão de Francisco chocou-se com os primeiros pingos de água que abandonaram o aglomerado úmido acinzentado das nuvens meio densas daquela estranha tarde de segunda-feira.

O mar que sobre os dois parceiros debruçou-se fez os homens banharem em curiosidade e desconfiança do destino: *chuva fora do tempo, que tramoia é essa?* Era sobre os meses de dezembro e janeiro, mais ou menos, que recaía a responsabilidade de trazer à caatinga a chuva. As estações mal delimitadas tinham como marco o fim e o início dos anos, os quais, se estivessem de bom humor, trariam a relva verde ao mato seco da região judiada pelo clima quente. Dessa forma, como não estavam nem no início, nem no fim do ano, mas sim num espaço entre o começo e o final, estranharam os dois, motorista e parricida, aquela água que caía do céu.

---

6   Ver nota anterior.

— Minha mãe dizia — começou Mirto, puxando assunto sobre o tempo que estava úmido do lado de fora da cabine do carro — que chuva fora do tempo é sinal de morte.

— E tu acha que ela tava certa?

— Num sei, mas como todo mundo que eu soube da morte ou vi morrer, morreu na seca mesmo, penso que não.

Fazia uns dias que Mirto e Francisco estavam viajando pelo trajeto contrário ao que faziam, para dentro das brenhas da caatinga. As nuvens carregadas chegaram a ocupar o espaço celestial dos caminhos dos dois homens havia certo tempo, mas água mesmo, chuva, só começou a cair naquele momento.

O toró, que começou e não avisou se iria embora rapidamente, em algumas horas havia inundado o solo avermelhado, de modo que o caminhão passou a deslizar e escorregar sobre o trajeto de retorno à casa.

Mirto perguntou-se, diante daquilo, quando havia sido seu último encontro com a chuva. Ao longo de sua vida, seus momentos de abraço com a água do céu foram raríssimos, mas não por falta de desejo do parricida, e sim porque ela, a chuva, suor de benfeitoria da natureza, recusava-se a trazer o verde para o horizonte do lugar que Mirto conhecia como lar. Lembrou-se de que da última vez que sentiu água fria cair sobre sua cabeça era ainda adolescente, com quinze ou dezessete anos, e não aproveitou o momento como um banho. Na verdade, quando isso aconteceu, o menino estava do lado de fora de casa e, quando sentiu o respingar sobre sua testa, por muito tempo banhada apenas pelo suor, caminhou entortado para casa, para se esconder de qualquer água que resolvesse habitar o chão com abundância. Não

O cozer das pedras, o roer dos ossos

tinha medo de chuva, mas também não gostava da ideia de tomar banho desavisado.

O cheiro do ar úmido entrava pelas brechas da cabine do veículo, e logo ambos os habitantes daquele microcosmo ambulante estariam confortáveis com o calor molhado que pairava no ar agora enriquecido pela densidade da água. Este ar, ao penetrar narinas adentro dos dois companheiros, lavava cada célula que revestia as vias aéreas superiores e inferiores dos fugitivos em retorno para casa, por dentro e por fora, e o gás expirado pelos homens vinha para o exterior de seus corpos carregado das impurezas que o destino despejou nos espíritos de ambos os arrependidos.

Dali a poucos dias, o mato teria de volta o verde iluminado, graças à ação da chuva divina que veio fora de época. Em menos de quinze dias, ou talvez em ainda menos que isso, começariam a brotar, nos caules antes secos e frágeis, as primeiras flores que borboletas veriam em muito tempo naquele lugar farto da vida. O solo aos poucos deixaria de ser seco para parecer pisado pelo denso ar que estaria embebido em água durante alguns dias. As almas dos homens e das mulheres seriam, caso ainda insistissem em habitar o espaço físico dos corpos, tocadas pelo molhar da chuva que viria, como um vendaval de mudanças, acariciar as peles acobreadas e pretas, carregando no tocar do carinho qualquer peso desnecessário para o fardo coletivo. Tal sentimento, essa impressão de que a chuva estreita o espaço entre o homem e a felicidade, perduraria na cabeça dos habitantes daquela região, agraciada pelo inverno perdido no espaço-tempo, enquanto a mata durasse sobre o chão esverdeada. Diz-se isso porque, quando o alaranjado da seca impiedosa voltasse a tomar conta do horizonte visível, o encontro com as alegrias estaria um tanto menos palpável, como acontecia de costume, quando não chovia.

Dias depois da segunda-feira de primeira chuva, as flores e o verde já coloriam as margens das estradas quando o caminhão dos companheiros atravessou as ruas estreitas da cidade onde, anos atrás, os dois abriram as portas para a própria culpa.

O lugar era absolutamente reconhecível, e todas as ruas, todas as casas e todas as esquinas estavam como tinham sido deixadas, de modo que aquilo que era concreto ao território, e que havia ficado cravado na memória e no imaginário dos dois homens pelo crime unidos, estava exatamente como tinham visto pela última vez. Bem, certamente isso acontecia na altura dos olhos, da visão, da superfície, pois, em profundidade, o tempo que passou, desde a morte de Germão até o retorno de seus assassinos, talvez tenha sido suficiente para, na cabeça de alguns espíritos vagantes sobre aquela terra esquecida, realizar a ressignificação da existência dos objetos, de modo a relacioná-los, intimamente, a algum desejo próprio, ou a algum sinal de afeto, fazendo-os assim ter um outro valor, uma outra carga, e, a partir disso, não serem mais os mesmos que muito tempo antes foram deixados como eram pelos fugitivos.

O caminhão cruzou as ruas em lentidão, e os dois pares de olhos, que espreitavam para além do vidro que isolava os homens do horizonte, enclausurados naquele cubículo vagante sobre rodas, fitaram dedicados os espaços vazios e pouco movimentados do pacato ambiente semiurbano, fazendo o ato do reconhecimento espacial tornar-se uma experiência única, sobre a qual valeria a pena depositar atenção.

Não foram notados como dois fugitivos quando cruzaram por completo a cidade, e em poucos minutos estavam saindo do território povoado por casas de alvenaria, comércios pequenos e ruelas de bares — alguma dessas últimas sendo, para os dois, o elo da corrente que os aprisionava ao mesmo abraço da culpa.

Aproximando-se do povoado próximo à cidade, os homens trocaram pouquíssimas palavras quando se perceberam já presentes na região que para o parricida foi um dia a própria casa.

Diante da possibilidade de reflexão fornecida pelo silêncio, então, um sentimento de nostalgia inundou os espaços cefálicos de Mirto, de modo que ele se perdeu em uma viagem para dentro de si. Seu passado fez-se físico diante de seus olhos, e suas lembranças, pelo tempo e pelo medo intensamente corroídas, fizeram-se renovadas por detrás de suas pupilas.

Um formigamento de esperança encheu o tórax de Mirto, que ansiou, mergulhando num mar de desejo de reencontro, pelo momento em que veria mais uma vez Dona Hermina. Pensou o parricida nas primeiras palavras que diria à mãe, e imaginou-se elaborando frases — ainda que limitadas pelo seu humilde conhecimento linguístico — capazes de transmitir à mulher um verdadeiro clamor pelo perdão. Queria dizer que sentia muito, que se pudesse teria escolhido não a abandonar, e que, ainda que talvez devesse, não se arrependia de ter matado o próprio pai, porque fez o que fez por ela, cuja liberdade merecia abraçar. Queria envolver em amor a mulher por quem ele daria a própria vida, mas a quem ele, pelo destino forçado, havia oferecido em prato farto o abandono.

O coração do homem crescido acelerou seu movimento e tornou mais forte seu chocar de válvulas ao abrir e fechar com mais intensidade quando o caminhão acelerou estrada adentro para o povoado no qual nascera e crescera Mirto. O lugar estava, então, ali, à frente dos dois, rodeado pela mata verde e farta da caatinga molhada. O chão era de um marrom-escuro pintado pela umidade trazida pela água, e o cheiro do ar que os cercava lembrava o odor apertado do sentimento saudosista da coletividade que havia muito aqueles pulmões condenados não sentiam.

Francisco freou o veículo a alguns metros da casa que Mirto indicou como sendo a de sua mãe — e sua também —, e ambos os homens se colocaram para fora sem pressa. Vendo o casebre, os olhos de Mirto encheram-se d'água, banhados por emoção inexplicável, abundante em recordações boas e ruins, mirando com o par de cristalinos o horizonte pouco abastado do lugar que habitou o parricida durante a infância, e de onde a vida arrancou, sem muita pena, a esperança.

Curiosas pelo barulho do caminhão que parou na frente da casa da finada Dona Hermina, algumas pessoas colocaram os rostos nas janelas de casa para olhar quem havia atracado um veículo motorizado por ali.

Dos que viram os dois homens parados em frente ao caminhão estacionado, poucas foram as cabeças que manifestaram qualquer traço de recordação física sobre quem era o homem alto que ali estava parado.

Mirto, quando bateu à porta, com Francisco ao lado, afogado em um desesperador sentimento de reencontro com algo que não necessariamente conhecia, estranhou o fato de ninguém ter aparecido.

— *Dona Hermina*! — gritou o filho ausente, na esperança de que ali brotasse o rosto dócil de sua mãe. — Ô, Dona Hermina!

Diante da ausência de resposta, Francisco calou-se, enquanto desejava temeroso pelo momento em que a porta da casa do menino se abriria, fazendo o tempo executar o poder de cessar todo o trocar-tiros das angústias do passado.

De longe, os moradores da região, curiosos observadores, entre os quais alguns já haviam entendido quem eram os homens que estavam ali e o que procuravam, sentiam-se consternados, e até incomodados, com a situação um tanto perturbadora: dois estrangeiros batiam à porta de uma casa vazia e chamavam ali o nome de uma defunta.

8

Eis o fim

Alguns momentos depois de esperarem sozinhos à porta da casa de Dona Hermina, a essa altura já desacreditados de que sob aquele teto ainda habitava alguém, visto que não havia qualquer resposta aos chamados exteriores, os homens miraram em volta de si para o povoado. Em frente a cada moradia da vizinhança, o hábito da curiosidade manifestou-se no corpo dos sujeitos, que estavam de pé, alguns encostados nas paredes de barro, espreitando até onde iria a persistência dos dois rapazes em clamar pela senhora que não mais viva estava.

Àquela altura, um bom pedaço daquela quantidade de gente já tinha certeza de que um dos homens era Mirto, Mirtão, sobretudo porque perceberam o caminhar manco do rapaz de pele mais escura que compunha a dupla. Houve quem ousou dizer que se tratava de Mirto não pelo andar, tampouco pela altura — esta que lhe fora herdada em abundância do sangue do condenado pai —, mas sim pelas feições plenas e pelos traços marcantes, estes que, ainda que de longe, pareciam-se tanto com os da finada Dona Hermina.

Agoniada com a situação, foi Dona Luíza quem interpelou, incomodada com insistência dos homens, colocando Genilda para, ao lado dela, aproximar-se dos dois caminhoneiros.

Não se sentiram, nem uma nem outra, amedrontadas pela presença daqueles dois homens de fora, mas, na verdade, firmaram o caminhar marcante a passos lentos sob o céu nublado com significativa segurança. Tal sentimento devia-se especialmente a Genilda, ela que, enquanto as duas se aproximavam dos dois homens, sussurrou para Dona Luíza:

— Aquele ali é Mirto.

E a mulher mais velha, que também nesta possibilidade já acreditava, e que havia muito tempo por este momento esperava, compreendeu que havia ela de dar ao filho retornado a notícia agourenta, esta que, como bala que atinge bicho caçado na mata, perfuraria o peito do parricida, sem cautela, concretizando sobre a terra os medos do homem ali parado.

No tempo em que esteve fora da região, Mirto transformou-se em personagem mítico que habitava o juízo assustado das pessoas que viviam naquela vila do meio do nada. A história do homem que matou o pai em briga de bar levou poucos anos para enfeitar-se de adornos de terror, com o imaginário adulto e infantil produzindo, num cadente colocar de miçangas, as mentiras e as verdades responsáveis por transformar em lenda o sanguinário parricida foragido. Os que cresceram nos anos de ausência do rapaz, atribuíram

Patrick Torres

ao homem, devido à sua altura física e a seu ato cruel e grandioso, o codinome no aumentativo: *Mirtão*.

Tamanha história tornou-se o parricida, que os únicos que não tinham medo dele, pelo tempo perdoado, mas pela boca-do-povo condenado, eram aqueles cujos olhos viram, pessoalmente, o menino manco crescer antes de reduzir-se ao ato criminoso, quando sua existência ainda era permeada pelo afeto materno e pela demoníaca agonia paterna, a qual ele mesmo, com as próprias mãos, pusera fim. Para se ter ideia da dimensão dessa história, houve ainda momentos em que "*o retorno do Mirtão*" tornou-se ferramenta mítica para assombro infantil, feito pelos pais das crianças que queriam manter seus filhos sob o próprio teto, exercendo um controle de suas atividades, com o objetivo de evitar que sobre elas o destino pregasse peças imprevisíveis.

Por isso, e também por outras coisas, talvez inexplicáveis, encontradas somente no âmago da suntuosa curiosidade coletiva, a volta do parricida para o povoado tornou-se um evento, de modo que, em poucas horas, as atividades laborais, o limpar das casas, o lavar das louças e até o soprar do vento, haviam cessado e dado lugar ao burburinho sobre o homenzarrão que ali estava presente mais uma vez — e desta vez não sozinho, mas com um homem desconhecido a tirar-lhe o colo. Este sujeito — desconfiava a vizinhança — talvez fosse o tal homem que deu a Mirtão, no dia de seu crime, o facão que perfurou o bucho do marido de Dona Hermina. Haviam escutado falar dele pouquíssimas vezes, mas acreditavam com sinceridade nas histórias que, de vez em quando, chegavam ao povoado, de que o parricida havia

O cozer das pedras, o roer dos ossos

sido visto em algum lugar nas brenhas da caatinga, dentro de um caminhão, com um homem a seu lado, este cujo nome ninguém sabia, mas do qual suspeitavam do papel na noite do crime.

Quando Genilda e Dona Luíza finalmente se aproximaram das duas criaturas, pesaram os olhares no ato do saudoso cumprimento.

Os homens, notaram as duas, estavam visivelmente consumidos pela exaustão. Cabeludos, barbudos, com dentes descuidados e com a pele oleosa, as duas figuras eram faces distintas de um mesmo ser cujos traços poderiam ser considerados a manifestação do cansaço.

As quatro criaturas deram as mãos, concretizando o encontro fatídico, havia muito tempo por duas delas esperado, mas também por duas delas com muito esforço evitado. Ao terminarem as saudações, estavam, então, sabendo uns dos outros os nomes.

Num poço de alegria espantada, Mirto e Genilda encontraram-se em um abraço marcado pelo afeto e pela saudade, donde os dois derramaram lágrimas, enquanto a mão direita de Dona Luíza, fedendo a tabaco queimado dos cigarros de palha, afagava com carinho a traseira da cabeça do parricida.

Depois do abraço, fez-se presente a hora das notícias.

Antes de sobre o luto dissertarem as duas mulheres, Dona Luíza desamarrou a corda que havia usado para fechar, da mais segura maneira possível, a porta da casa da finada Dona Hermina, e colocou para debaixo do teto, em proteção de casa, as quatro almas que ali estavam dispostas a falar sobre um único passado.

Quando Mirto entrou e reconheceu o espaço por muitos anos por ele abandonado, isolado sob as paredes erguidas há mais tempo que a existência do parricida, a profundeza da nostalgia fez nascer em seu peito um abismo. Olhou com carinho e amargor para o antigo lar, e viu com os próprios olhos sua infância arrastar-se sobre as paredes e escorrer ao chão, inundando o solo, formando poças de medo, molhando seus passos a serem dados dentro dos pequenos cômodos que um dia abrigaram a família que ali já não mais existia.

Foi Dona Luíza quem, com sua quase-anciã sabedoria, soltou pela garganta as palavras sobre a morte de Dona Hermina, dando ao filho órfão todos os detalhes que encontrou quando, havia poucos dias a vira, encolhida em sua cama, falecida, com a alma levada pelo vento que em calmaria a fez repousar uma última vez.

Contou também aos dois homens sobre o velório e enterro da mulher, estes que foram para o povoado verdadeiro espetáculo, abastado de gente solidária que vinha da cidade e das mais distantes casas da vila, trazendo nos braços ramos de folhas e tecidos ornamentados, boa parte deles feitos à mão, com o intuito de abençoar, com boas intenções e saudade respeitosa, o último adeus à viúva tristonha. Dona Luíza fez questão de destacar a presença do padre, que não deixou, em momento algum, sozinho o corpo ajeitado da defunta, ela que foi acompanhada pelo clamor de orações e rezas verdadeiras até o instante em que sobre sua pele despejou-se a terra do cemitério.

O saber da perda maternal fez, dentro dos peitos do parricida, construir-se verdadeira cena de guerra. No espinhaço de

Mirto, de cima para baixo, desceu uma gota de suor gelado, que despertou no corpo do homem um arrepiar barulhento, este que silenciou, através de um estrondoso fazer sumir da consciência, a cabeça do parricida para casa retornado.

A desolação colossal que sobre os ombros do homem recaiu não encontrou qualquer conforto, e mesmo quando, depois da notícia, Francisco, seu amigo, estendeu ao redor do pescoço do órfão-parricida os dois braços, seu caminho consciente pareceu afundar-se em lamaçal grosso, vestindo-o com uma textura sufocante, densa e endurecida, que aos poucos fez do mundo redondo do rapaz uma planície vazia, desértica, flutuante no nada, da qual o fim era um vazio sem chão, abismo, dentro do qual saltou a alma arrependida e seca de perdão do filho retornado, que de seu próprio pai arrancara a vida, e que da própria mãe espoliara o amor, sem para esta ter tido uma única oportunidade de declamar ajoelhado o pedido de desculpas.

— *Mirto... Mirtinho...* — Dona Luíza resolveu, com um tom de voz calmo, dar fim ao silêncio que, dentro da casa da finada, fez império. — Tua mãe não foi embora da vida sem deixar pra tu um recado.

Antes de se levantar, a portadora da anunciação da morte de Dona Hermina puxou um cigarro, e com uma caixa de fósforos que chacoalhou nas mãos, como se quisesse mostrar aos presentes o ato que havia de fazer, fez nascer o fogo, dirigindo a chama quente para a ponta do fumo bolado em palha que havia entre os lábios agarrado. Ela, que havia tanto tempo vivia a ausência de seu filho amado, Toninho — este que ainda jovem arrancou a alma do corpo

Patrick Torres

com as próprias mãos, quando nas brenhas do mato seco se meteu com uma corda —, foi sábia ao olhar com simpatia para dentro dos olhos do parricida, soprando para fora do corpo a fumaça esbranquiçada, que fez o cheiro do cigarro impregnar no ar e na memória densa dos que naquela cena estavam reunidos.

Dona Luíza levantou-se da cadeira de espaguete em que havia sentado e caminhou em direção ao espaço que Mirto sabia ser a cozinha, pois ali estavam o antigo fogão a lenha, a velha pia de pedra e a mesa de madeira envelhecida, sobre a qual inúmeras vezes o menino, criança, fez refeições que lhe garantiram o crescimento.

Dona Luíza, então, abriu, com a mão livre do fumo, o já entreaberto armário comido pelos cupins, e de uma de suas portas retirou um papel de folha única, na qual Mirto viu, ainda de longe, cerrando os olhos marejados pelas lágrimas do luto, um rabiscar que se parecia feito de caneta azul. A mulher aproximou-se e entregou às mãos do parricida o papel, dizendo-lhe, enquanto soprava a fumaça do último trago que havia dado:

— Eu achei ali no armário. Parece ser uma carta... Mas ninguém leu. Ninguém aqui sabe ler... Mas tua mãe, Mirto, inventou de se letrar quando tu foi embora. Ela ia pra cidade e voltava, no pingo do sol quente, dizendo que o que fazia lá era estudar... E a história se confirmou porque no enterro dela uma professora veio aqui deixar umas flor. — Dona Luíza voltou a se sentar e, consternada, fitou o parricida, cujos olhos estavam apontados para os desenhos das letras em azul feitas sobre o branco papel.

— *Mainha* aprendeu a escrever *pra escrever* uma carta pra mim, foi? — Mirto foi retirado do estupor que o invadiu o pensamento e, com uma feição de espanto, levantou o papel aos olhos de Francisco, indagando-lhe de forma incisiva: — Tu sabe ler, Francisco?

— *Sei, sim* — disse o caminhoneiro, estendendo as mãos para a carta, que lhe foi passada vagarosamente, como se o parricida se recusasse a abandonar o recado deixado por sua mãe que, agora talvez Mirto estivesse de fato se dando conta disto, não mais entre os vivos se encontrava. O órfão, então, deu ordem ao companheiro que lesse ali em voz alta o que estava escrito...

E, enquanto tinha para os ouvidos cantadas, ritmadas, as palavras de sua mãe, o parricida sentiu sair de suas costas o peso da culpa, a sujeira do amargor e a carga do arrependimento, percebendo que seu corpo se aliviava de tensão, entrando em contato com uma liberdade presente, inteira, sobre a qual debruçou-se seu espírito, sendo abraçado, como nunca antes, pelo amor materno que por tanto tempo não sentia existir.

Quando a leitura se encerrou na última palavra recitada por Francisco, e em lágrimas se desfizeram os quatro corpos ali reunidos, que às atrocidades da vida resistiram, Mirto sentiu como se agora tivesse permissão divina para se desapegar da sina que a vida pusera em seu destino: era como se, pela primeira vez, e de uma vez por todas, pudesse morrer em paz...

Muito depois, com o passar de quatro anos, quando a relva verde abandonasse o horizonte, o tempo, ele que com paciência estupenda espera tudo chegar e ir embora, com uma calma turbulenta capaz de deixar pedras cozinharem em fogo alto, se encarregaria de permitir à seca que retornasse ao povoado na caatinga, avassalando com sua brutal atitude o solo. Este, por sua vez, árido e ríspido, cruel, abrigo de vermes e bichos, como se fosse criatura viva, seria o responsável pela roedura dos ossos dos defuntos que um dia chamaram de lar aquele insosso lugar.

Agradecimentos

Hoje, sei o que significa escrever e publicar um livro, e sei que isso não se faz sozinho. Então, meu sincero obrigado, com muito amor e respeito, à Gislândia, minha mãe; Erivaldo, meu pai; Paola, minha irmã; Rita, minha avó materna. Às amigas Ana Flávia, Jordana e Bianca; aos amigos Italo e Pedro. À minha avó paterna Luiza. À minha tia Lili. Ao Caio. Ao Carlos, que acreditou nesta história; à Natália, que a acolheu; e a todos e todas que leram ou estão lendo este livro.

Primeira edição (agosto/2023) **Primeira Reimpressão**
Papel de miolo Lux Cream 60g
Tipografias Lora e Forma DJR Micro
Gráfica LIS